AF611715

Herzsprung
Verlag

Impressum:

Alle weiteren Personen und Handlungen des Buches sind frei erfunden.
Ähnlichkeiten mit lebenden oder verstorbenen Personen sind
zufällig und nicht beabsichtigt.

Besuchen Sie uns im Internet:
www.herzsprung-verlag.de
www.papierfresserchen.de

Oberer Schrannenplatz 2, D- 88131 Lindau
Telefon: 08382/9090344
info@herzsprung-verlag.de + info@papierfresserchen.de

Erstauflage 2018

Cover gestaltet mit Bildern von © rasica (Straße)
und Subbotina Anna (Ähren) – Adobe Stock lizensiert

Gedruckt in der EU
ISBN: 978-3-96074-036-0

Lektorat: Redaktions- und Literaturbüro MTM
www.literaturredaktion.de

Kay Ganahl

Feld der letzten Ernte

Herzsprung-Verlag

Inhaltsverzeichnis

Nach meinem Tod

Ich habe einen Roman geschrieben, der unfertig auf dem Schreibtisch liegt. Die Manuskriptseiten sind fein gestapelt, werden von einer Bogenlampe bestrahlt. Alle Vorhänge im Schreibzimmer sind zugezogen. Meine Frau Gitti könnte sich gerade in der Küche aufhalten und ein Schnitzel braten. Töchterchen Luiza hat sich mit Sicherheit vor wenigen Minuten zur Schule aufgemacht. Der Alltag ist alltäglich, er lässt sich nicht leicht verändern – Eingefahrenes bleibt einfach.

Natürlich ist mir der neue Roman immer noch wichtig! Rückblickend empfinde ich einen gewissen Stolz, das darf ich sagen. Denn ich habe mein ganzes Herzblut in ihn investiert. Viel Zeit und Mühe hat er gekostet. Aber ob der Roman, unfertig wie er ist, veröffentlicht werden wird? Da ich kein berühmter Schriftsteller bin, wird ein Fragment nicht gut beim Leser ankommen, vermute ich. Ich hoffe trotzdem sehr, dass die baldige Veröffentlichung erfolgt. Soll mein Verleger sich sputen – ich verlange es!

Leider kann ich ihm derzeit keine guten Ratschläge mehr erteilen oder ihn unter Druck setzen. Mir ist nicht danach. Wahrlich, ich bin in einer außergewöhnlichen Lage, da ich nicht mehr bin.

Nicht mehr bin?

Nun ja, recht einfach ist das. Tatsache: Heute habe ich meinen letzten Atemzug getan, ich glaube, dass ich im Augenblick jemand bin, den man als tot bezeichnen könnte. Oder?

Ich horche in mich hinein: aha! So ist das! Ich bin auf dem Weg. Das ist mir jetzt klar, jeder Zweifel kann ausgeschlossen werden. Mein Weg führt mich von der Erde fort, jedenfalls von ihrer Oberfläche mit Wald, Haus und Berg.

Mein letzter Atemzug hat mir keinen Spaß mehr gemacht, überhaupt waren die letzten Monate nur noch anstrengend. Die Krankheit hat mich langsam aufgefressen. Ich habe mich gefragt, wie lange diese ganze üble Zeit noch dauern wird.

Schade, dass ich keinen Sekundentod habe sterben dürfen!

Speziell dies lässt mich immer wieder ins Grübeln verfallen. Das sollen andere aber möglichst nicht mitbekommen! Momentan befinde ich mich auf dem Weg *Nirgends*, wo meine Zeit als Schriftsteller und Hobby-Blütenmacher nicht sonderlich gefragt sein dürfte, weshalb ich weder praktische Anleitungen, Berichte noch Dichtungen darbieten werde. Bislang hat mich auch keiner nach dieser Dienstleistung gefragt. Gern würde ich bald ein paar Märchen erzählen, doch die Personen (sind es Personen?), die hier, in dieser sphärischen Region materieller Deformation das Sagen haben, zeigen in meiner Gegenwart wirklich offen Desinteresse an meinen Werken.

Meine schönen Jahre als kreativer Mensch, gerade auch als mehr oder weniger erfolgreicher Blütenmacher, werde ich immer in Erinnerung behalten, egal wo ich mich aufhalte. Im Himmel. In der Hölle. Im Zwischenreich – hier, wo alles deformiert ist. Oder es nur zu sein scheint. Im Grunde sollte mir inzwischen das meiste, wenn nicht alles, gleichgültig sein oder es bald werden. Ich bin vielleicht nur mein eigener Gedanke. Jedenfalls bin ich nicht mehr!

Meine Zeit auf Erden ist vorbei, daran zu zweifeln, wäre unrealistisch! Möglicherweise habe ich als Erdenbürger meinen lieben oder weniger lieben Mitmenschen Probleme bereitet. Der Gedanke daran beunruhigt mich. Was mir damals als Selbstbewusstsein erschien, halte ich jetzt eher für Arroganz. Alte persönliche Erfolge kommen mir wie ein Reigen von Schattenketten vor, die nichts bedeuten. Hier, wo ich mich gerade aufhalte, braucht es allerdings eine gehörige Portion Selbstbewusstsein, um durch die Sphäre zu kommen, die von diversen Personen, eben sicher bösen Geistern, nur so wimmelt. Sie wollen mich, eventuell durch Anwendung von Zwang und Gewalt, von hier entfernen. Oder bilde ich mir das nur ein?

Liebend gern würde ich sie alle umbringen!

Aber derartiges lässt sich hier nicht durchführen. Vielleicht werde ich meine Tätigkeit als erfolgloser Schriftsteller wieder aufnehmen. Da hätte ich einen seelischen Ausgleich, der mich wenigstens in mich hinein führt und wieder aus mir heraus führt. Ich liebe diese Tätigkeit.

Eine Reportage über ein besonderes Ableben

Meine Damen und Herren,

Zur Situation

Das hier ist mehr als eine Live-Reportage, viel mehr! Sie hören Unglaubliches! Ich fordere in diesen Augenblicken von Ihnen die Zeugenschaft, die Sie zunächst für unsinnig und völlig unrealistisch ansehen dürften. Er steht an einem Rand, wo die Leben nicht mehr viel gelten. Dort werden Menschen unmenschlich behandelt, viele von ihnen vielleicht automatisch, vielleicht auf Befehl, *abgerufen und abgelebt*. Es ist jedenfalls so, dass etwas in die Wege geleitet werden kann, das bei manchen Menschen zum tiefen Anzweifeln der Existenz führt – wahr ist zweifellos, an diesem Ort muss jeder aufpassen, wann, wie und wohin er geht.

Sie müssen wissen, offensichtlich herrscht an diesem Ort die totale Unsicherheit. Diejenigen, die nahe an diesem Rand andauernd die große Gefahr für meist unschuldige Leben bedeuten, sind widerwärtig. Sie haben viel Geduld und viel Geld, können in Ruhe organisieren. Wir sollten uns ein Bild von ihnen machen!

Es ist allgemein bekannt, dass sie den großen Hass haben, weil sie ihre Menschenliebe deaktivierten. Das macht sie eben auch sehr unberechenbar.

Sehen wir sie jetzt …? Direkt vor uns …? Jedenfalls kenne ich sie schon, kenne auch den, der jetzt hier steht …! Ich selbst bin es ja zum Glück nicht. Hier ist jemand … seht ihr ihn?

Er und sein Sterben

Ich erblicke ihn in ganzer Größe, und schon empfinde ich einiges Mitleid. Er wird wohl, noch vorsichtig formuliert, große Probleme bekommen. Tod? Leben? Was für Alternativen. Sein Tod ist nah. Es geht jetzt um wenige Minuten! Momentan starre ich auf ihn. Sein Körper verschwimmt vor meinen Augen. Weiß er, was ihm jetzt droht? Ich bin mir sicher, dass ich es weiß …

Sehr bald wirbelt etwas durcheinander. Ich kann meinen Sinnen kaum trauen.

Ist das hier ein böser Traum …?!

Oh, Haut wird abgezogen, genüsslich sogar, sie wird im Anderswo wieder – durchaus kreativ und produktorientiert – aufgezogen.

Das Anderswo stelle ich mir jetzt einmal mit viel Fantasie vor. Ja, dort, … dort muss sie, diese Haut, erst einmal bleiben. In einer Fabrik wird rasend schnell gearbeitet. Klar ist: Binnen weniger Minuten wird die Haut nur noch kleinformatig erhältlich sein. Die potenziellen Käufer – ja, die! – wird es mehr als verunsichern, sind sie doch viel Besseres gewohnt.

Aber sie nehmen – wie allgemein bekannt ist! – Minderqualität gerne hin. Die Nachfrage nach der Haut ist enorm. Mit ihr kann man gewinnbringend wirtschaften.

Vertrauliche Hinweise auf die oben geschilderte Fabrikation habe ich schon vor dem Erleben des Hier und Jetzt von einem Journalistenkollegen erhalten. Es sei ihm sehr gedankt!

Ich weiß deshalb auch – kann es mir bestens vorstellen – es sind Fetzen geflogen. Das Sterben war grausam-sachlich. Manche Körperteile sind jetzt wohl unauffindbar, da sie weit weg gelandet sein dürften, wo sie einsam liegen, als ob sie bedeutungslos wären.

Meine Sinne sind jetzt auf's Äußerste gespannt. Alles versuche ich in mich aufzunehmen, unmittelbar! Tatsächlich …, lieber Zuhörer! Wirklich alles hier ist einfach nur real, grauenvoll. Ich übertreibe nicht. Ich weiß, was ich sehe und höre. Und sie hören, was sie hören: Sie verstehen, dass ich Reporter bin – der Zeuge eines brutal-unmenschlichen Vorgehens!?

Es stellt alle anderen Verbrechen in den Schatten! Da gibt es keinen Zweifel!

Von Beobachtungen und Beobachtern

Das Grauen ist unglaublich groß, und es steigt in mir der Drang auf, noch viel mehr wichtige Informationen zu erhalten. Aber andere Menschen auch … – und so habe ich gerade gehört, es sei alles normal vor Ort. Es sei der Hass, der triumphiere. Die Mordmaschinerie schlechthin. Die mir das gesagt haben, stehen weiter hinten. Es sind schmale, graue

Beobachter der Schreckensszene, die ein lautes Lachen Mühe haben zu unterdrücken. Höre: „Wir haben gerade bestens gespeist!"

Höre ich recht? Sind sie nur Beobachter? Das kann gar nicht sein! Sie wissen schon nicht mehr genau, was hier vor Ort geschieht, wollen es auch nicht mehr wissen. Es ist ihnen ganz egal. So meine ich.

Jagd auf Menschen

Was ich begriffen habe, ist, dass die Sache inzwischen vollbracht ist, alles oder fast alles wurde erledigt.

Die Sache!?

Die Sache, von der hier zu sprechen ist, nennt sich *Jagd auf Menschen.* Das klingt schlimm. Pervers. Auch dies schon bedeutet einen Verfall der menschlichen Werte. Aber ich möchte hier nicht zu moralisieren anfangen, bleibe lieber bei der Selbsterfahrung, die hier und jetzt gerade abläuft und bleibe auch bei den Informationen, die mir Kolleginnen und Kollegen aus dem journalistischen Bereich überlassen haben. Sie sind sehr bestürzt. Wenn sie jetzt bei mir wären, würden sie wahrscheinlich zusammenbrechen …

Ich bleibe gefasst: Vor Tagen habe ich von Journalistenkollegen erfahren, dass der Tod der gejagten Menschen für den Jäger eine schöne Befriedigung darstellt. Beim Jagen und Erlegen bleibt es allerdings nicht, eben! Die Menschen werden verzehrt. Nach dem Erlegen der Menschen bricht unter den Jägern das große Glücksgefühl aus. Um die teilweise verzehrten Menschenleiber herum finden dann rituelle Feiern statt. Alles dabei scheint ein antizivilisatorischer Rückgriff in Zeiten und in Regionen der Erde zu sein, als primitive Völker sich an ihren Opfern labten. In unseren Zeiten ist es wahrscheinlich so, dass Menschen nach unbekannten Kriterien für die Jagden und das Erlegen ausgesucht und dann nach ebenso unbekannten Kriterien zum Verzehr ausgesucht werden.

Dabei ist es, wie man mir mitteilte, so, dass die Jäger, deren Identitäten ich nur zu gerne wissen würde, wohl meinen, alles über und von Menschen zu wissen.

Der Jäger gibt es viele.

Meine Journalistenkollegen halten die bürgerlichen Identitäten dieser Jäger fest unter Verschluss. Stets seien es ehrgeizige Zeitgenossen mit Vermögen, oft ganz unauffällig, die sich profilieren möchten. Sie meinen, nach eigenem Belieben alles tun zu können und die Weisheit gepachtet zu haben.

Göttlichen Wesen gleich, wollen sie über die kleinen Anderen herrschen, indem sie Menschenjagden durchführen.

Aber ich weiß eben nichts Beweiskräftiges, um vor Gericht gehen zu können. Meine Zeugenschaft hier und jetzt … na ja, mal sehen, was ich daraus machen kann. Was Sie, verehrte Zuhörer, daraus machen können!

Wer auf der Bühne des Tötens auftritt, wird von der schönen Realität hoch erfreut sein, wurde mir vor Tagen gemailt. Ein Journalistenfreund konnte nicht anders: Er wurde aktiv. Sein Zitat einer Äußerung eines Jägers betrübte mich sehr.

Und auch las ich als Zitat: *Das Glück des erlebten Tötens und Sterbens: eben Todesnähe und Lebensnähe!*

Er heißt Hans – was ist mit ihm los?

Ein, zwei Stunden. Ist schon so viel Zeit vergangen im Hier und Jetzt? Laute Schreie habe ich gehört. Und wie ich vorhin auch noch gehört habe, heißt er Hans. Er wird gerade behandelt, wie ich beobachten kann. An den Kopf fassen wird er sich vor Erleichterung ...!? Unsinn! Mordsunsinn!

Einige Körperteile, die ich jetzt sehen kann, mein Entsetzen ist groß, sind gewiss von ihm! Ja, und ich sehe genau, dass er sehen kann, wie seine eigenen Körperteile aufgesammelt werden. Dabei wirkt er auf mich unbeteiligt. Er nimmt vielleicht in Wirklichkeit nichts oder fast nichts wahr. Und seine Schmerzen?

Ich weiß nicht, was ich noch sagen kann, um meine Gefühle auszudrücken!

Einige Jäger stehen dort herum, sie unterhalten sich auch. Ich bin ganz Ohr: Wissenschaftlerjargon. Sie tragen sich gegenseitig etwas vor. Die Arroganz ist genau erfassbar. Allgemein bekannt ist, der Tod fasziniert Wissenschaftler! Es sind anscheinend Wissenschaftler und Jäger anwesend, die sich an verschiedenen Körperteilen bedienen. Sind die Jäger die Wissenschaftler, die Wissenschaftler die Jäger?

Keine Ahnung. Ich kann nicht nähertreten, sonst wäre mein Leben gefährdet.

Von Journalistenkollegen hatte ich mich auch darüber informieren lassen, dass die deutschen universitären Fakultäten aufgrund des weitreichenden medizinischen Interesses mehr Nachschub von Körperteilen benötigen. Das ist sehr interessant! Wir müssen dem unbedingt folgen! Es geht ja vielleicht nicht allein um den Verzehr von Menschen, sondern um die Ausbeutung, die wirtschaftliche Verwertung ihrer Körperteile. Jedenfalls auch darum.

Noch steht Hans wie in den Boden gerammt dort. Er zeigt in diesen Minuten – jedenfalls kann ich es nicht wahrnehmen – keine Fluchtabsichten. Vielleicht wird das Grauen sein Bewusstsein noch erreichen, sodass Schmerzen und Angst ihn überwältigen werden … es könnte ihn zum Flüchten bringen.

Gerade sehe ich, dass er sich ein wenig bewegt, vielleicht findet jetzt in ihm etwas statt … weg muss er, weg! Aber es ist wohl längst zu spät.

Sein Leidensschicksal kann nur in der Zwischenzone nebelhaften Grauens wahrnehmbar sein.

Meine Zeugenschaft ist echt und wahrhaftig. Niemals könnte ich ignorieren, leugnen oder vergessen, was ich hier mitbekomme. Und was mir jemand mitgeteilt hat.

Ich nähere mich jetzt dem Ende meiner Reportage, kann sagen, dass ich dabei gewesen bin. Und sie sind es ebenso! Menschen sind Verbrechen zum Opfer gefallen. Es ist auf diese Art und Weise gewiss schon öfter geschehen. Und ich hoffe sehr, dass ich jetzt die nötige Öffentlichkeit hergestellt habe. Nichts von dem, was sie gehört haben, darf unbeachtet oder gar geheim bleiben!

Und: Was müssen wir jetzt tun? Ich finde, dass es an der Zeit wäre, entschlossen Maßnahmen gegen die zu ergreifen, die in unserer Gesellschaft ihr Unwesen treiben …

„Vampire in der S-Bahn!“

Wir haben das in der Internetzeitung gelesen:
Ah, wirklich, das geschah ...
Acht oder neun Kinder, kleine Kinder, haben sich in einer S-Bahn
Vor einer Gruppe entkleidet.
Alle sahen vampirisch aus. Es waren fünf groß Gewachsene in Schwarz.
Diese reagierten so, wie es keiner wirklich
Erwarten konnte: sie griffen an, griffen zu ...!
Sie waren ganz vergnügt.
Die Bahngäste, die nicht weit entfernt
saßen oder standen, sagten nichts.
Keiner wagte auch nur hinzusehen!
Die Vampire schlugen ihre Gebisse in die jungen Körper:
Es war etwas sehr Gruseliges, Grauenhaftes, was sich abspielte, ...
Wie aus einem Vampirroman!
Dies mitten am Tag, gegen 11 Uhr,
Und die Kinder litten unsäglich. Ihre Schreie.
Ihre schreckverzerrten Gesichter.
Hilfe ließ auf sich warten …
Ein zwei Bahngäste zuckten ihre Handys, alarmierten die Polizei.
Doch die S-Bahn war gekapert worden, der Fahrer ermordet
Ein Vampir steuerte.
Und dieser Vampir steuert wohl noch heute.
Wir haben gelesen, dass alles am Laufen ist. Immer weiter.
Bis auf Weiteres.
Auch Touristen kommen, um die *Vampir-Bahn* zu erleben!
Big Event! Die S-Bahn ist die große Attraktion unserer Stadt.
Die Internetzeitung meldet täglich Neues von ihr,
Die Kinder müssten ja eigentlich auch längst als Vampire agieren,
Aber sie scheinen weiterhin Opfer zu sein …

Unsere Oma

Wir fuhren oft zu ihr, manchmal sogar dreimal jährlich. Immer in den Schulferien. Meine beiden Kinder, Katrin und Tom, wollten diese Zeit nie missen. Und ich konnte auch deswegen gar nicht auf die *Besuche bei Oma* verzichten. Wochen vor jeder Reise wurde groß diskutiert und geplant, was denn Neues an den Urlaubstagen getan werden sollte. Wenn unsere Großstadt-Oma rief …! Vor jeder Reise erkundigte sie sich meist nach unseren Planungsfortschritten. Gern gaben wir ihr die aktuellsten Infos! Stets freuten wir uns sehr auf unsere nette, sehr menschliche Oma Sabrina, die mit ihren 70 Lenzen bis kurz vor ihrem Tod noch ganz im Leben stand! Die 700 Fahrkilometer bis zu ihr nach Hause waren für uns ein Klacks!

Als Familienvater wusste ich um die Wichtigkeit des Familienzusammenhalts und der menschlichen Bindungen, die uns auch und immer wieder dahin führen, wo enge Verwandte beheimatet sind.

Meine Frau trauert jetzt sehr um ihre Mutter, die sie über alles liebte, – zu der sie trotz der Entfernung der beiden Haushalte über Jahrzehnte einen engen Kontakt pflegte.

Es ist Frühling. Gerade haben wir vor ihrem Wohnhaus geparkt. Die Bäume in der Allee winken uns wieder zu, aber heute ist alles ganz anders.

Omas Hauswirtin Frau Deutsch ist ans vordere Eingangstor gekommen, um persönlich zu öffnen. Sie kondoliert mit Tränen in den Augen.

„Danke!“, so meine Frau Ute, die darauf verzichtet hat, schwarz zu tragen, weil Oma eine Aversion gegen jegliche Trauerkleidung hatte, denn sie liebte das Bunte und die Heiterkeit. Trotzdem halten wir uns weitgehend an das, was in unserem Land üblich ist. Für die Bestattung hat meine Frau die Verantwortung, obwohl ihr Bruder Niklas vor Ort alles viel besser regeln könnte, doch er hat sich geweigert, noch etwas zu tun.

Als wir Omas alte, gemütlich eingerichtete, uns sehr vertraute Wohnung betreten, finden wir halb ausgeräumte Zimmer vor. Das stimmt uns wütend gegen Niklas, welcher eben dies zu verantworten hat!

„Willst du bei Niklas anrufen …!?“, meint mein Sohn Tom, der das Ausräumen von Omas Wohnung sehr unverschämt findet, denn das war ja eben gar nicht vereinbart gewesen. Für die Wut gegen Niklas haben wir kaum Zeit zur Verfügung, alles muss recht schnell gehen. Mit Erfolg kann ich Tom beruhigen. Alles Weitere wird würdevoll vor sich gehen.

Das hat unsere Oma mehr als verdient. Um alle Bestattungsformalitäten kümmert sich meine Frau.

Drei Tage später … wir sind tätig gewesen, wollen auch weiterhin, dass Omas Leben und auch ihre Lebensleistung als Hausfrau und Mutter voll gewürdigt werden. Oma war natürlich viel mehr als das, was sie an Gütern besaß, sehr viel mehr! Nichts geht über das Leben selbst, gerade wenn es zu Ende gegangen ist!

Dass Niklas es auf Streit angelegt hat, ist offensichtlich, aber wir sind bestrebt, von seinen Absichten keine weitere Notiz zu nehmen. Ja, er ist für uns jetzt gestorben, nicht Oma. Sie lebt in unseren Erinnerungen weiter.

Altes macht Neues
oder: „Geschichtsperspektive“

Das Alte macht das Neue!
Nichts entsteht allein aus sich selbst heraus

und für alles gibt es Gründe
Ursachen.

Auf 1 folgt 2 …
Mathematisch ist das meiste erklärbar.

In Zusammenhängen
existiert die Welt mit ihren Tatsachen –

und immer führen Wege weiter:
keine Zeit verlieren!

Denn groß Gewesenes lebt noch ein wenig,
es ist zu erkennen und kann verstanden werden;
alles Kleine und Unwichtige
gehoben aus der Erinnerung –
wird entledigt der bösen Schatten, wenn es nur geht

geht es denn?!

Unser Weg führt uns vorwärts …
oder vielleicht nur rückwärts …
Von hoher Warte aus Gesehenes
erweist sich als winzig und bedeutungslos am Boden.
Elend sind die, die nicht fragen und erkennen wollen!

Gibt es überhaupt Wege
oder bilden wir sie uns nur ein?

Werden Ziele nur zum Schein ausformuliert?
Bilden wir uns nur ein, dass alles einen Sinn hat?
Sind wir vielleicht schon tot, ohne es zu merken?

Ich bin ein Troll

Heute schreibe ich endlich mal auf, was mich sehr bewegt. Ihr wisst schon: seltsame Sachen, vielleicht die eine oder andere Sorge.

Das Aufschreiben klappt fast immer. Ich denke, heute auch! Meine Freunde beneiden mich darum, vermute ich. Sie können aber anderes besser als ich! Jedenfalls muss ich mir manchmal echt viele Gedanken machen und sie dann aufschreiben. Heute ist eben so ein wichtiger Tag. Es kommen mir viele gute Gedanken, über die ich mich freue! Die können immer wieder kommen.

Weiter geht's. Ich sitze hier, weiß nicht genau wo. Aber es geht mir prima. Irgendwie fühlt es sich nass an, wo ich sitze. So ein bisschen heiß ist es! Das macht mir aber nichts aus. Viele sitzen ja, wie ich gehört habe, manchmal in solchen komischen Dingern. Was ist denn das hier?

Schon seit vielen, vielen Jahren soll das so sein! Es ist unglaublich. Aber wo ich genau sitze, das weiß ich eben wirklich nicht – noch nicht! Ich muss es herauskriegen. So schnell wie möglich. Nein, eigentlich nicht so schnell wie möglich, denn eine Menge Zeit habe ich! Aber die Zeit vergeht ziemlich schnell.

Ihr müsst wissen, dass ich kein Mensch bin, sondern ein Troll! Das ist die Wahrheit. Ich kann nichts dafür. Auf der Erde bin ich zuhause, obwohl ich so ein kleiner Mann bin. Seit einigen Jahrzehnten habe ich auf der Erde meinen Aufenthalt. Den hat mir mein Großer König erlaubt. Das finde ich heute noch ganz toll! Er erlaubt das nicht jedem Troll. Ich freue mich, dass es meinen König gibt! Er soll hochleben!

So ein Troll – klein, rot, sehr schnell und ebenso gelenkig – bin ich von Geburt an! Keine Fee oder Hexe hat mich verzaubert. Ich bin einfach so ein urkomischer, quirliger kleiner Bursche! Und auch super klug! Ich habe ein paar Schulen besucht. Auf meinem Heimatplaneten Exxus. Ihr müsst auch wissen, Trolle gibt es viele auf der Erde, aber einen wie mich nur ein einziges Mal! Das steht jedenfalls fest.

Ich bin ein besonderer Troll, weil ich angefangen habe, die Menschen auf der Erde zu mögen. Ganz ehrlich! Alle meine anderen Trolle haben darüber gestaunt. Ich will immer alles von den Menschen lernen. Und der Große König vom Troll-Planeten Exxus meinte kürzlich per Strahlen-Post zu mir, dass ich noch viele Jahre auf der Erde bleiben müsse, was mich gefreut hat. Ja, ich habe sogar gejubelt! Glaubt mir, Leute!

Wir Trolle werden auf Exxus geboren, können dort bleiben. Der eine oder andere von uns will jedoch mal auf einen anderen Planeten, zum Beispiel die Erde. Hier können wir, was ich eben sehr wichtig finde, von den Menschen lernen. Die haben nämlich viel gearbeitet, viel aufgebaut. Ich finde sie ziemlich toll, ich Troll!

Hier sitze ich momentan ganz ruhig, natürlich halte ich meinen Stift ... Wie wohl ich mich dabei fühle! Noch viel länger möchte ich in diesem länglichen Ding bleiben! Ich schreibe so gern, in dem länglichen Ding macht es mehr noch mehr Spaß als sonst.

Aber ich habe in den letzten Minuten ein paar Mal geglaubt, dass ich spinne. Draußen vor dem Fenster – ich kann gerade so rausschauen – laufen irgendwelche Menschen herum. Keine Ahnung, warum sie das tun. Übrigens befinden sich draußen auch Häuser – ich habe gehört, dass diese Menschen die Dinger so nennen! Ich kann's kaum fassen. Laufen, laufen ... laufen!? Was soll das blöde Laufen?

„Bleibt doch mal stehen, guckt euch in Ruhe um, Menschen!", habe ich vorhin nach draußen gerufen. Ob mich einer gehört hat? Ich weiß es nicht. Keiner hat auf mich reagiert.

Manches bei den Menschen verstehe ich einfach nicht, obwohl ich so klug bin. Es kann mir auch keiner helfen, sie besser zu verstehen. Ich kenne nämlich keinen einzigen Menschen persönlich. Schade. Vermutlich brauche ich viel mehr Zeit und noch viele Gelegenheiten, um welche kennenzulernen.

Vor ein paar Augenblicken hat wieder jemand für mich Wasser in das längliche Ding eingelassen, in dem ich sitze. Ich habe nicht gesehen, wer es gewesen ist. Es ist jetzt ganz heiß. Vielleicht hat mir Troll Sebastian, der mein bester Freund von den Trollen auf der Erde ist, was Gutes tun wollen. Den kenne ich schon ewig lang. „He Sebbi!", habe ich gerufen. Ich kann das jetzt noch hören.

Es ist mir gerade eingefallen, wie das längliche Ding heißt, in dem ich immer noch sitze: Badewanne. Das klingt interessant. Es ist eine tolle Erfindung der Menschen oder etwa der Trolle? Derartiges können eigentlich nur die Trolle erfinden, glaube ich!

Wozu ist die Badewanne da? Zum darin Sitzen oder Liegen. Das ist klar. Weil es so schön ist, darin zu sitzen – oder zu liegen! Und sonst? Ich glaube, es geht auch darum, dass Menschen sich gerne sauber machen. Wer in der Badewanne sitzt oder liegt, der wäscht sich einfach mit einem Lappen den Körper sauber.

Menschen haben Körper, Menschen sind auch schmutzig! Deshalb brauchen sie Wasser, um sich sauber zu machen! In einer Badewanne zu sein, ist deshalb wichtig, wichtiger als vieles andere!

Ich sitze hier brav und schreibe diese Sätze, mache mich aber nicht sauber. Dazu habe ich einfach keine Lust. Ich bin ja auch kein Mensch. Gleich ... lasse ich mein Notizbuch ins Wasser fallen ...

„Wasser, ja Wasser heißt das!“

„Welches Wasser, Berti-Jon?“, kriege ich Antwort von vor der Tür, wo Troll Sebastian steht. Seine Stimme habe ich genau erkannt. Vielleicht will er mich nerven.

Meinen Stift habe ich wieder in der Hand und ich schreibe einfach weiter, höre dann: „Waaassser!!!“

Das hat nämlich wieder dieser Troll Sebastian gerufen, heute meine Nervensäge.

Bibis Weihnachtsgeschichte

Mehrere Eltern haben in der Tennishalle eine kleine Bühne aufgebaut. Gerade sind viele Familien aus dem Stadtviertel mit Verwandten, Bekannten und Freunden in die Halle gekommen. Ziemlich viele Menschen interessieren sich für die angekündigte Aufführung: Sie erwarten eine schöne Geschichte von Bibi Jahn, der etwas erlebt hat! Pünktlich geht das Licht in der Halle aus und zwei große Scheinwerfer erfassen die Bühne, auf der sich jetzt das Folgende abspielt: Bibi betritt schüchtern die Bühne. Die Weihnachtsgeschichte fängt endlich an. Er sagt: „Jetzt wird ein Stück aufgeführt. Ich habe es für euch geschrieben. Alles von dem, was darin vorkommt, habe ich selbst erlebt!“ Die Zuschauer applaudieren. Anschließend verlässt Bibi die Bühne, um gleich darauf sich selbst zu spielen.

Die Weihnachtsgeschichte war die folgende:

Als sich Bibi, der ein Junge aus dem Stadtviertel Scharnick ist, nach einem Nachmittag des Spielens im Schnee umblickte, war es draußen schon dunkel. Er hatte mit seinem Freund Frank einen Schneemann gebaut. Bibi setzte sich an das Wohnzimmerfenster nahe des Klaviers und guckte kurz nach dem Schneemann. Der sah so aus, als würde er ihn mit der einen Hand grüßen.

„Schön ist der Schneemann, schöner als alle anderen!“, stellte Bibi erfreut fest und hätte fast gejubelt.

„Die Leute in unserem Viertel sind bestimmt neidisch!“, fügte er noch an.

Freund Frank zeigte sich nun neben dem Schneemann und machte ein paar fröhliche Faxen, die der Junge toll fand. Er winkte Frank zu und dieser winkte Bibi sofort zu. Auch Frank hatte eine Familie, rannte dann fröhlich in sein Elternhaus.

Es war der Heilige Abend.

„Wir müssen feiern!“, sprach Bibi. Er hielt sich im großen Wohnzimmer auf, wo der reich geschmückte Weihnachtsbaum stand. Wichtige Abendstunden fingen jetzt an.

Hinter ihm war sein Cousin Martin, der meinte: „Aber wir müssen noch auf die Eltern warten, ist doch klar!“

Bibi sah ihn ernst an, erwiderte dann: „Ich warte ungern auf die Eltern, bis die endlich mal fertig sind mit ihren Vorbereitungen. Immer die feinen Klamotten und all das!“

„Ich finde das schön!“, entgegnete Martin ein bisschen verärgert, der etwas älter als Bibi war. Er trug einen dunkelblauen Anzug. Der Jüngere hingegen trug einen roten Pullunder und darunter ein hellblaues Poloshirt.

Der zehnjährige Bibi lächelte vergnügt vor sich hin. Vor dem Älteren tanzte er ein, zwei Minuten lang nur so zum Spaß, dann griff er sich aus dem Regal beim Klavier ein Buch, las vor: „Der Heilige Abend ist das Fest der Familie.“

Martin nickte zustimmend, riss dann aber überraschend seinem Cousin das Buch aus den Händen und stellte es ins Regal zurück. Der Heilige Abend war für ihn, den braven Martin, der wichtigste Abend von allen.

Bibi hielt diesen Abend mit den Eltern eigentlich gar nicht für so interessant! „Ich liebe Weihnachten nicht!“, sagte er deshalb auch mit Überzeugung zu Martin, dessen Augen sich in diesem Augenblick gebannt auf den Weihnachtsbaum richteten. Die Eltern hatten sich viel Mühe damit gegeben, diesen Baum für den besonderen Abend zu schmücken.

Auf einmal bewegte sich der. Keiner der Jungen hatte ihn berührt. Dieser Baum wirkte ganz lebendig. Eine Stimme war plötzlich zu hören: „Dies ist euer Tag, ihr Lieben! Der Weihnachtsmann wird euch erscheinen und ins Reich der Weihnachtsmänner und Weihnachtsfrauen mitnehmen!“

Bibi war starr vor Erstaunen, genauso erging es Martin. Beide waren nicht in der Lage, etwas zu sagen. Eine Stimme, die aus dem Baum kam, war ganz seltsam. Das war unwirklich. Bibi wollte weglaufen, aber Martin hielt ihn am roten Pullunder fest.

Der Ältere rief laut: „Das ist der böse Weihnachtsbaum, der böse ...“ Ob das die Eltern hörten und runterkommen würden?

Bibi dachte nach. Er fühlte sich vom Baum veräppelt. „Du bist doch kein Mensch, wie kannst du sprechen?“

Der Baum schwieg dazu, doch dann trat jemand breit grinsend aus dem Weihnachtsbaum heraus.

Was hieß denn aus dem Baum heraus? Ja, dieser Baum war fast so hoch wie die Zimmerdecke. Er hatte einen kolossalen Umfang, sodass sich ein mittelgroßer Mann gut in ihm verstecken konnte. Und das nutzte Herr Palmer, Martins Vater, einfach aus! Er war in einen roten, weiten Mantel gehüllt mit einem langen weißen Bart, und so erschraken Bibi und Martin sehr!

„So sieht der Weihnachtsmann nicht aus!!!" Dies schrie Bibi aus vollem Halse und schlug auf diesen Weihnachtsmann mit Fäusten ein! Herr Palmer war sprachlos.

Das Publikum in der Tennishalle applaudierte laut!

Erzählung einer Liebe

Agate lernte ich vor einigen Jahren kennen. Onkel Fritz, der mir persönlich sehr nahesteht, hatte davon gesprochen, eine nette Frau kennengelernt zu haben, an der Haltestelle der Straßenbahn hier in Dingen. „Interessant“, sagte ich mir. Ich wünschte ihm alles Gute auf Erden ...

Wirklich toll fand ich das für meinen Onkel, war er doch schon etwas älter, nun ja, so um die 70! Ein sittsamer, etwas knurriger, aber nicht selten auch fröhlicher Herr, der mit wenig Rente auskommen musste. Letzteres sollte ihn von nichts abhalten, schon gar nicht von netten Bekanntschaften mit Damen seiner Generation. Gern sagte ich immer mal wieder: „Man muss auf nichts verzichten!“ Ich fand das damals und ich finde das genauso noch heute!

Als mein Onkel mit seiner lieben Agate ankam, da war auch ich froh, jemanden wie sie zu treffen: An einem Abend in der Vorweihnacht trafen wir uns in seinem Wohnzimmer. Es erschien eine blond gelockte, jung und sportlich wirkende Dame von etwa sechzig Jahren, die mich breit anlachte, eben so, wie es ihr immer, wie sich dann zeigte, besonders leicht fiel! Ich mochte sie sofort. In der Folgezeit sahen wir drei uns zu allen erdenklichen Gelegenheiten.

Onkel Fritz hielt sich zunehmend häufig bei ihr zu Hause auf, zwischen beiden entwickelte sich eine feste Freundschaft. Weil er sich enorm von ihr angezogen fühlte, wollte er sie möglichst jeden Tag sehen, sodass sich diese Beziehung, die dann so ein Hin und Her zwischen zwei Wohnungen, die wenige Straßen voneinander entfernt in derselben Stadt waren, wurde, überhaupt erst so erfolgreich entwickeln konnte! Ich denke, eine wahre Liebesbeziehung. Ich konnte diese Entwicklung aus einer gewissen Distanz verfolgen.

Agate faszinierte auf ihre Art, war einfach besonders gut darin, sich anderen Menschen zu widmen und ein lockeres Gespräch zu führen, wenngleich es inhaltlich meist eher oberflächlich gehalten war.

„Schön“, dachte ich allenthalben, nachdem ich sie mit den Monaten als Mensch näher kennengelernt hatte. Ja, das kann man gut finden.

Zwischen dem Kennenlernen der beiden an der Haltestelle und dem Auftauchen einer üblen Krankheit lagen mehrere Jahre, die sie und Onkel Fritz bewusst, so darf ich behaupten, zu genießen wussten. Ihr Liebesglück kosteten sie aus.

Ich habe von all dem so viel mitbekommen, weil ich nicht weit entfernt von ihrem Liebesnest, Agates Wohnung, wohnte. Deshalb waren viele Treffen so schnell und leicht realisierbar. Immer wieder kam es dazu, dass wir über die kleinen und etwas größeren Dinge des Lebens plauderten.

Manchmal wurde es mir zu viel mit den Treffen! Zugegeben!

Insbesondere ging es mir auf die Nerven, dass Onkel Fritz mit seiner Agate überraschend bei mir vorbeischaute, um irgendetwas, leider auch ein bisschen großspurig, zu inszenieren. Das war so seine Art. Aber ich nahm es gelassen, weil ich genau wusste, dass wir uns im Grunde immer wieder gut verstehen würden. Gewissermaßen war das eine Dreiecksbeziehung.

Agate begann dann leider, unter einer Krankheit zu leiden. Sie war zunehmend altersverwirrt. Mit einer starken Einschränkung, den Alltag zu bewältigen. Dies war in letzter Zeit, besonders im vergangenen halben Jahr, wesentlich schlimmer geworden.

Inzwischen hat sie einen Heimplatz, den sie nicht mag, aber wohl akzeptieren muss. Onkel Fritz fährt zu ihr, um sie zu besuchen. Ganz oft und ziemlich regelmäßig fährt er zu ihr hin! Sie trinken zusammen gelbe Limonade und sind weiterhin glücklich.

Schöne Wächterin über das Zauberland

Alis Jugendtage vergingen wie im Fluge. In seiner Heimatstadt veränderte sich ständig so einiges, vielleicht zu viel. Schön fand Ali, dass sich große Gebäude am Rande der Stadt, den ägyptischen Pyramiden ähnlich, befanden. Sie waren sehr alt, was auch ein Grund dafür war, weshalb sie immer wieder Touristen aus Europa und Nordamerika anzogen. Die Stadt mit ihrer zauberhaften Umgebung beeindruckte Künstler, Musiker und Dichter.

Ali liebte das alles. Auf ihn wirkten die Menschen in der Stadt allerdings oft unglücklich. Und auch die Tiere! Das lag, so meinte Ali gegenüber seinen Freunden Mohamed und Sultan, am vielen Arbeiten und Geldverdienen.

Alle Tiere, besonders die schönsten von ihnen, waren wirklich immer in Gefahr. Sie wurden für Geld gejagt. Ali war seit ungefähr einem Jahr in der Lehre bei Meister Sofer, dessen Fähigkeiten als Ausstopfer von Tieren überall geschätzt waren – in der ganzen Region am Großen Fluss. Für Ali war er ein seltsamer, älterer Handwerksmeister, aber eben auch sehr weise. Er mochte ihn. Jeden Morgen, wenn Ali zur Arbeit kam, verstummten die Handwerker in der Werkstatt. Denn dann begann der Meister damit, seinen Tagesplan vorzutragen. Das tat er immer laut und deutlich. Die folgende Arbeit war oft anstrengend, aber die Handwerker waren froh, für den Meister arbeiten zu dürfen! Jedoch würde sich Ali eines Tages vom Meister verabschieden müssen.

Die Werke von Meister Sofer waren bei einem reichen, stolzen Sammler sehr beliebt, der es sich nicht nehmen ließ, den Meister alle paar Wochen in sein Haus am Ufer des Großen Flusses einzuladen, das von solch ausgestopften Tieren nur so strotzte.

An einem Sonntag war Ali mit dabei. Sie trugen eine wunderschöne Eule mit sich, die der Meister seinem besten Kunden schenken wollte. Diese war ungeheuer groß.

„Franz Müller, dieser Deutsche, wird sich darüber sehr freuen. Ich bin mir sicher.“

„Das hoffe ich, Meister Sofer.“

Als sie bei dem Deutschen, der vor Jahrzehnten ins Land gekommen war, eintrafen, war der Meister voller Vorfreude. Er hoffte auf mehr und bessere Aufträge, weil er dem Mann diese Eule zum Geschenk machte.

Müller empfing beide gut gelaunt. Er zeigte ihnen sogleich sein ganzes Haus. Alis erster Eindruck war: ein kleines Paradies für Tiere! Doch sie waren alle tot! Das gefiel ihm überhaupt nicht, obwohl er Meister Sofers Lehrling war. Deshalb dachte Ali während des Rundgangs viel darüber nach, was wäre, wenn alle Tiere noch leben würden.

„Das haben diese schönen Tiere nicht verdient“, hätte Ali dem Sammler am liebsten ins Gesicht gesagt.

Müller gab an: „Seht, hier, dieser Adler … dort, dieser Habicht. Ich liebe Raubvögel!“

Und Sofer war genauso begeistert wie Müller, doch Ali wurde wütend. Stellte sich vor, dass die Eule wieder leben würde. Er hockte wenig später gedankenverloren in einer Ecke der Halle, in der sich der Meister und Müller angeregt unterhielten. Wie lange das genau ging, konnte mir Ali später nicht berichten. Vermutlich sehr lang! Er wusste noch, dass er nach etwa einer Stunde eingeschlafen war.

„Sie sprachen irgendeine fremde Sprache miteinander!“, erzählte mir Ali. In meiner Stube in der Stadt saß mir Ali viele Jahre später gegenüber, um von den Seltsamkeiten seines Berufes zu sprechen. „Das war mein größtes Erlebnis!“

Er erwachte während der Fahrt nach Hause. In Sofers klapprigem Automobil stank es nach Benzin, die Eule war hinten auf der Ladefläche. Ihre Augen blinkten. Ali starrte sie an.

„Meister, Meister!“, rief er, doch Sofer fuhr wortlos weiter. Und aus dem Schnabel der Eule drangen auf einmal echte Wörter an Alis Ohr.

„Ein Tier, das sprechen kann“, meinte Ali ungläubig.

Am liebsten wäre er vor Glück herumgetanzt, was im Auto neben dem Meister sitzend natürlich nicht ging.

Die Eule richtete sich plötzlich von selbst auf, Alis Verwunderung war riesig. Er rempelte seinen Meister an, doch dieser fuhr auch jetzt einfach weiter.

„Was ist los? Lebst du wieder?“, fragte er die Eule, die doppelt so groß war wie Ali.

„Der Zauberer Müller hat mir das Leben wiedergegeben. Jedes tausendste Tier wird von ihm wieder zum Leben erweckt. Mindestens! Er ist der wichtigste Zauberer im Land.“

„Der soll ein Zauberer sein?! Das glaube ich nicht!“, wehrte sich Ali gegen die Worte der Eule. Er glaubte gar nichts. Dann wurde er ohnmächtig. Keine Ahnung warum.

In der Meisterwerkstatt erwachte er wieder, stand auf und sah sich um. Der Meister, der ihm nun gegenübertrat, gab sich redselig. Er sprach von den Wunderdingen, die der Zauberer Müller von jetzt an bewirken wollte. Sofort erinnerte sich Ali an die Eule, die er sofort suchen wollte.

„Unsere Stadt und unser Land werden voller wiederbelebter Tiere sein!“, tönte Meister Sofer.

Dies fand Ali interessant. Aber wo war denn jetzt die Eule?

„Die Eule, wo ist sie, Meister Sofer?“, fragte er deshalb.

„Ach, diese Eule. Ja, sie ist ...“, sagte der Meister und wies auf einen Ort fern der Werkstatt.

Zunächst verstand Ali nichts. Doch um mehr zu verstehen, hörte er dem Meister von nun an genauer zu.

Dieser sprach: „Der Zauberer wird seine Tiere in die Freiheit der Natur entlassen. Dort sollen sie leben, leben für immer. Im Einklang mit allen anderen Lebewesen!“

Ali erkrankte infolge seiner Erlebnisse. Alles hatte ihn zu stark mitgenommen. Seiner Arbeit ging er nicht mehr nach.

An einem Morgen, als er sich etwas besser fühlte, lief er vor die Tore der Stadt, weil er die Eule suchen wollte. Sie musste doch irgendwo sein. Und zu seinem Erstaunen konnte er tatsächlich vor jenes Tier treten. Ohne Zweifel war das die Eule, die das Geschenk für den Zauberer Müller gewesen war. Dieses prächtige Tier, eine wahre Schönheit, saß majestätisch da und wachte über alles und alle mit einer Ruhe, die Ali unglaublich fand. Und er wollte mit der Eule sprechen. Aber sie saß weiterhin nur wachend da ...

Lucies Freund

Manches auf der Welt passiert einfach so. Und die Menschen wissen gar nicht die Gründe dafür. Es gibt Orte, wo sich Mensch und Tier in Frieden und frei begegnen können. Eines schönen Nachmittags ...

„Bin ich groß genug?“, fragt Art das Mädchen Lucie.

Sie hat ihn stundenlang im Wald gesucht, jetzt steht sie bewundernd neben ihm. Schon vor Tagen sind sie sich zufällig im Wald begegnet. In jenem Friedenswald, an dessen Rand sich vor zwei Jahren ein paar Menschenfamilien angesiedelt haben, die nicht mehr in der Stadt leben wollen.

Jetzt lächelt Lucie den jungen Luchs Art zufrieden an, weil sie findet, dass er kluge Fragen stellt, statt so manches in sich hineinzufressen. „Ich finde, dass du groß genug bist“, bestätigt sie mit freundlicher Stimme, denn sie meint, dass Art viele gute Gefühle verdient hat.

„Was du gesagt hast, finde ich sehr nett, Lucie“, erwidert Art. Und auch er lächelt, spielt ein wenig mit seinen Pfötchen.

Aus den Bäumen winken ihnen mit ihren kleinen Schwingen die Vögel zu. Der blaue Himmel zeigt sein freundlichstes Gesicht, da die Sonne sich ihren Weg durch das Geäst und Dickicht des Waldes zu den Lebewesen bahnt.

Lucie hört einige Menschen am Rande des Waldes, die am Arbeiten sind. Es werden neue Häuser gebaut. Den Menschen ist wahrscheinlich egal, ob durch die laute Arbeit die Tiere gestört werden. Die Tiere haben, so meinen Art und Lucie, ihren eigenen Wald. Das ist aber leider nicht ganz sicher.

Natürlich weiß Lucie längst, dass Art ein junger Luchs ist, der noch viel Erfahrung braucht, um erwachsen zu werden. Wahr ist, nicht alle Menschen mögen ihn. Und wahr ist auch, dass seine Luchsfamilie nicht mehr bei ihm ist. Er findet die Menschen – außer Lucie – ziemlich seltsam. Vor einiger Zeit hat er bemerkt, dass seine Luchsfamilie nicht mehr im Wald lebt. Zum Glück hat er jetzt das Mädchen Lucie.

Diese hat ihm inzwischen beigebracht, dass manche Menschen auf die Jagd nach Tieren gehen, auch nach Luchsen. Denn nicht alle Menschen achten die Gesetze, die das verbieten. Zwar ist Lucie noch ein Kind, aber schon alt genug, um so einiges zu wissen. Daher weiß sie eben auch, dass Art erzogen werden sollte. Sie hält ihn für schlau. Und wer schlau ist, lernt schnell dazu. Das ist in Lucies Augen sehr gut. Die beiden haben sich gemütlich hingesetzt. Art freut sich darüber, dass sich Lucie um ihn kümmert. Er lächelt vor sich hin.

Sie sagt: „Lieber Art, ich kenne mich aus mit dem Lernen. Denn ich gehe jeden Tag zur Schule. Die Lehrer bringen uns viel bei."

„Ach ja ...", meint Art, er windet sich ein wenig.

Lucie ist das ziemlich wichtig, in der sechsten Klasse ihrer Schule gilt sie als eines der klügsten Mädchen.

„Lieber Art, ich möchte für dich eine Freundin sein, die dir etwas beibringt, damit du genau weißt, welche Menschen dir Böses antun wollen." Das hat sie ziemlich laut gesagt, damit Art es ernst nimmt. Nun lächelt er nicht mehr.

Manchmal vermutet Lucie übrigens, dass die Tiere im Friedenswald den Menschen am Rande ihrer Heimat überlegen sind, weil sie das tun, was sie müssen, um zu überleben. Sie wollen von sich aus nur Frieden. Böses kennen sie gar nicht. Das ist bloß eine Vermutung Lucies, jedoch eine sehr wichtige.

Sie meint außerdem, dass die Menschen sich selbst für viel wichtiger halten, als sie sind. Das Bauen von Häusern, Straßen und von all dem, was sie umgibt, ist für Lucie nicht das Wichtigste im Leben. Mensch und Tier müssen sich verstehen, lediglich darauf kommt es ihr an.

„Die Luchse sind wieder in den Wäldern, was viele Jahre lang nicht so war. Das irritiert die Menschen. Sie finden nicht, dass die Luchse etwas bei ihnen zu suchen haben. Sollen sie doch woanders leben, meinen sie einfach", erklärt Lucie ihrem Freund Art.

„Sie glauben, dass auch die Wälder ihnen gehören, oder?", fragt er nach.

„Ja, eben! Das glauben viele von ihnen. Es gibt auch Ausnahmen wie mich. Gerade die Erwachsenen wollen die Wälder besitzen, weil sie in ihnen Wanderungen machen. Manche wollen die Bäume fällen, damit sie mehr Platz für Häuser haben. Oder Tiere jagen ... tja, so ist das."

„Das hört sich schlimm an. Verstehen sie die Tiere denn überhaupt nicht? Sie wissen doch so viel."

„Die Lehrer wissen viel, manche andere Menschen auch. Doch es gibt zu viele Menschen, die nur daran denken, wie sie an mehr Besitz kommen können."

„Schlimm, schlimm. Das ist nicht tierisch!"

„Es ist ganz menschlich gedacht, Art. Die Menschen denken vor allem an sich selbst."

Art versinkt in tiefes Nachdenken. Aber im Wald ist alles wie zuvor. Solange die Menschen nicht in den Wald eindringen, wird sich auch nichts verändern.

Lucie verlässt ihren Freund. Morgen kommt sie bestimmt wieder.

Erhoffte Rückkehr

Was ich damals noch dachte und noch fühlte, lag in der Sphäre der Freiheit. Mehr war nicht mehr möglich. Dies war natürlich viel zu wenig. Diese Schergen schrien mich immer wieder an. Sie hassten mich, verübten an mir Verbrechen. Der totale Zwang drückte mich nieder. Ich fühlte mich wie ein Wurm, der jederzeit zertreten werden konnte.

... für die Schergen war ich ein Wurm.

Doch dann gab es diese eine Chance zur Flucht. Der Schrecken konnte ein Ende finden, indem ich den Entschluss fasste, die Ketten zu brechen und zu flüchten.

Jetzt sitze ich hier, lebe.

Die Flucht gelang, aber die Zeit wird mir zu lang in einem Land, das mir nur eine provisorische Heimat bietet. Zumal ich auch in diesem Land bedroht werde.

Anderes Land, andere Schergen.

Wie gut es ist, dass mich viele Einheimische freundlich behandeln, mir helfen und mich beschützen. Aber: Es kann hier für mich keine wahre Heimat geben! Ich will endlich in meine Heimat zurückkehren können, um mein altes Leben wieder aufzunehmen.

Dort liegt vielleicht immer noch vieles von dem, was mir am liebsten und am teuersten ist. Ich werde hoffentlich Zurückgelassenes unbeschadet vorfinden.

Im Exil lebe ich im Grunde nur von der Hoffnung. Die Erinnerung an das Gute lebt.

Auf dem Waldpfad

Aus der Erinnerung gehoben

Im Sonnenschein bei angenehmen Temperaturen, wenn wir uns des Nutzens der Denkarbeit bewusst werden und kurz darauf – die Zeit dafür ist gerade vorhanden – in uns gehen, fällt uns vielleicht Sinnvolles ein, … dann auch der eine oder andere Ansatzpunkt für intensives Nachdenken. So werden, wenn es gut läuft, einige Reflexionen angeregt, die uns im Leben weiterbringen können, also Weiterführendes, Erhebendes, Tragendes.

Ja, es gibt eine Zukunft, die wir vorausschauend zu planen versuchen können. Dabei ist nichts einfach gegeben, sondern alles, was war, ist und werden wird reicht aus der Vergangenheit hinüber in die Gegenwart eines Hier und Jetzt-Erfahrens bis in alles Zukünftige. Wenn wir es so denken, dann haben wir ein Geschichtsbewusstsein. Und: kein Zweifel. Jeder von uns lebt in einem zeitlichen Fluss. Die Zukunft sollte, meine ich, ein hohes Maß an Offenheit – übrigens auch an Ungewissheit aufweisen. Soviel dann auch zur „Planung"!

Und ich schaue auf, registriere wieder meine freundlichen Begleiter, … ja wen denn? Noch schenke ich ihnen Aufmerksamkeit, wandern wir doch auf einem Waldpfad, um das Tagesgeschehen gemeinsam für ein paar Stunden hinter uns zu lassen. Vorhin haben sie mich kurz angelächelt, haben nämlich bemerkt, wie groß gerade die innere Distanz zu ihnen ist. Vorerst geht es, miteinander sprechend, weiter. Auf dem Waldpfad heben wir Erinnerungen und tauschen sie aus. Darunter sind ganz einfache Lebenserfahrungen. Wir reflektieren auch ernsthaft über Probleme, die sich aus diesen ergeben haben.

Nadelbäume scheinen mir im Vorübergehen bei leichtem Windzug zuzuwinken. Eine Himmelsbläue grinst aufreizend durch ein kurzes Weißwolken-Etwas. Dort drüben erblicke ich ein baufälliges Blockhaus mit zugewachsenem Vorgarten, in dem ich als Jugendlicher übernachtete, was in den Jahren war, als ich öfter im Wald herumtollte. Auch so eine Erinnerung. Bis jetzt ist die Zeit niemals stehen geblieben, und es ist einfach so, dass jeder von uns drei Wanderern eine eigene Meinung hat über das, was ihm das Leben bot, bietet und vielleicht noch bieten wird. Vergangenes reicht immer bis ins Heute!

Im weiteren Verlauf unserer Wanderung will ich sogar der Konfrontation nicht aus dem Weg gehen, was sicher keinen meiner Begleiter erfreuen wird! Ich vermute, dass jeder von uns zumindest in seiner eigenen Welt der Gedanken und Gefühle mit sich selbst ins Reine kommen möchte. Und das auch offen aussprechen will! Soll er es tun!

Unterwegs. Immer noch. Vorwärts, nicht rückwärts. Das ist doch schon etwas! Eine kleine Lichtung, vor der wir plötzlich stehen, lädt zum Verweilen ein – das ist die Chance, Ruhe zu finden. Schön ist, dass sich meine Begleiter freuen, so komme ich nicht umhin, bei ihnen zu bleiben. Hier liegt ein kleines Ausflugslokal, auf der Terrasse schwarzes Stuhlwerk, überdacht von wunderschönem Gewölk. Die freundliche Kellnerin serviert uns Kännchen mit Kaffee – und schon wandert mein Blick von Baumwipfel zu Baumwipfel, das Gewölk auch im Auge. Vor meiner Tasse Kaffee sitzend, bequem im Rattanstuhl, wende ich mich dann von weniger wichtigen, oberflächlichen Gesprächen und flüchtigen Beobachtungen dem deutlich Interessanteren zu ...

Meine Mitwanderer Hans, Paul und die liebe Susanne werden auf mich ein paar Minuten verzichten müssen. Aber gut so, denn sie können im Sonnenschein weiter ihre Gespräche führen!

Meinem mehr oder weniger bedeutenden Gedanken- und Gefühlsleben widme ich mich nun intensiv, lasse Gedanken kreisen. Doch schneller als erwartet, klopfen aktuelle Probleme ans kritische Bewusstsein – gleichzeitig mischen sich Erinnerungen hinzu, die weit weg zu sein schienen; vielleicht verdrängt, sogar vergessen. Diese Probleme sind nicht zu leugnen. Woher sie gekommen sind, ist nicht immer sofort zu erkennen. Plötzlich stehen sie, die Erinnerungen, teilweise sogar in voller Gegenwärtigkeit, vor meinem inneren Auge. Ich tauche ein! Schon weit vorangeschritten ist meine Lebensuhr. Die eigene Vita fordert zur kritischen Bewertung auf!

Altes und Neues begegnen sich – es mischt sich alles miteinander. Menschen von damals begegnen Menschen von heute. Ist das nicht seltsam!? Aber doch auch so normal! Zunächst ist dies nur ein Erinnerungsdurcheinander. Alsbald entsteht ganz Neues, das sich nur aus dem Vergangenen, Alten hat entwickeln können. Das ist es!

Im Gehirn ist immer alles in Bewegung – Gedanken schwirren, finden aber auch immer wieder zu Ordnungen, sodass auch in Zusammenhang und Kausalität erinnert werden kann. Ohne Bewegung keine Festigkeit, und umgekehrt. Immer bleibt uns etwas erhalten, es ist das konkret und sicher Erinnerte. Das ist aus uns gehoben worden und wir sind es, die Individuen, die dafür verantwortlich sind.

Die Fähigkeit zur Erinnerung ermöglicht, aus dem Gedächtnis vieles, ganz Verschiedenes zu heben. Dieses kann von großer Bedeutung sein, denn unser Leben als Mensch wäre ohne das Sich-Erinnern nichts. Nur die Erinnerung – neben vielem anderen – kann zielbewusstes, geplantes Handeln eines Individuums und einer Gruppe, einer Gesellschaft ermöglichen. Das wissen wir.

Kein vergangener Moment, kein Mensch, kein Ereignis etc. sind zu kurz oder zu unwichtig, um nicht erinnert werden zu können, selbst wenn es einen nicht stark überkommen hat, sich der verschiedensten Schönheiten der Vergangenheit in heller Fantasie zu vergewissern. Wenn solche Schönheiten sich melden, dann leuchtet die Vergangenheit ganz hell auf und begeistert! Positiv!

Dann glauben wir manchmal, Altes wieder sehr intensiv zu erleben. Als Wiederholung. Aus alt wird gewissermaßen neu – alt-neu! Und wir meinen dann, gar nichts dürfte je vergessen werden, zumal unser Gedächtnis zu einiger Leistung fähig ist.

Die Erinnerung rettet das, was einmal war, in jede Sekunde des Gegenwärtigen hinüber. Sie hilft dadurch dabei, durch Kopfarbeit etwas Vergangenes zu bewahren – Ereignisse, Vorgänge und Menschen, die vielleicht auch etwas unangenehm waren.

Das Erinnerte ist dieses Vergangene, also Alte, aber doch in diesen Erinnerungsmomenten neue, ja wieder neue!

Das ist die Rettung, die wir für die Zeit erledigen, für die Zeit in ihrer wichtigsten Funktion: Leben verläuft linear. Und Vergessenes kann nun wirklich nicht dabei helfen, etwas zu erneuern, selbst wenn es extrem wichtig sein sollte. Dabei hilft nur das Erinnerte!

Was für eine Bedeutung des Erinnerungsvermögens und des Gedächtnisses!

Die negative Seite des Sich-Erinnerns, die manchmal eine schlaflose Nacht bereitet, ist die gelebte Wirklichkeit, die wir am meisten schätzen können, gerade weil sie am nächsten Morgen für Entsetzen sorgen kann: „Das hätte doch nicht sein müssen!“, „Das wollten wir doch gar nicht!“, „Und welcher Bösewicht hat uns das angetan!“

Wir sind Menschen – bedeuten das Fortschreiten von sehr bekanntem Terrain aus bis weit hinein ins tiefe, vielleicht verlockende, vielleicht abschreckende Unbekannte.

Und gäbe es überhaupt Vergangenheit, Gegenwart und Zukunft ohne Erinnerung?

Auf keinen Fall! Die gedankliche Vielfalt, die sich auf das Individuum Mensch, auf alles Weltliche, die Welt und eben auf alles uns Umgebende bezieht, wäre ohne Erinnerung nicht entstanden.

Der Mord an mir

Tot ... ich bin ... tot ..., habe mich versteckt, glaube ich, glaubte ich doch zu lange, noch ein Atmender zu sein. Jetzt bin ich ganz und gar versteckt! In mir ist kein Leben mehr. Durchaus lange hatte ich Leben, ein Leben. Da flackert ... kein Stäubchen vor meiner Nase mehr auf. Es wird mir nicht mehr warm ums Herz! Die Frauen müssen sich einen anderen suchen, der sie lobt und umwirbt. Mein Gott, habe ich die alle geliebt!

Jetzt bin ich eine Leiche.

Die Mafia hatte mich entdeckt.

Und einer musste dran glauben.

Natürlich habe ich gelitten in dem Augenblick, als sie vor mir waren.

Sie galten etwas in der Gegend, in der ich lebte.

... Mündung der Pistole war so schrecklich.

... um ihre Münder zuckte es leise. Keiner sagte etwas, sie wippten mit den Pistolen.

Alle möglichen Leute, auch Nachbarn aus der Heimatstadt, hätten mich sehen können. Jedoch fühlte ich viel Angst, Verdruss, wollte flüchten. Um dieses zu verhindern, waren diese drei sicher ausgebildet worden. Profis: Es war eine Marter für mich! Ja! Wirklich! Grausamkeit pur!

Bald zuckte ich am ganzen Leib: Angst! Ich litt fürchterlich.

Es konnte nicht einfach so enden. „Würde es?“, fragte ich mich doch tatsächlich innerhalb des letzten Momentchens mit Hoffnung.

Vieles schoss mir durch den Kopf, Gedanken. Ich besaß sie, wie sie mich noch besaßen. Klar, die Eitelkeit und das Strebertum waren meine Mängel, um nicht zu sagen ... Laster. Aber, ehrlich: Das war zu wenig, um sterben zu müssen.

Mir bekannte Gründe?

Keine.

Vieles machte mir zusätzlich Angst, Gesichter. Sie waren so abstoßend hässlich. Weg mit ihnen! Gab es denn keine Fluchtmöglichkeit?

Gründe: keine.

Auf meine Fragen hin, vielleicht zu ängstlich gestellt, zeigten sie nur bewegungslose Mienen. Eiskalte Engel. Brutale, skrupellose Mafia-Killer. Wer auch immer …

Nachdem die entscheidende Kugel in mich eingedrungen war, konnte ich nicht mehr lügen. Ich war nicht nur eitel und ein Streber gewesen.

Was noch?

Was noch?

Die Beistehenden, auch der Schütze, lachten voll auf; sie schossen danach noch einmal alle in mich hinein. „Ah!!!!!"

Schließlich litt ich nicht mehr wegen meiner *Hinrichtung*! Ich glaubte bis zuletzt daran, dass es welche waren. Welche? Äh, Menschen – Mafiosi!

Aber wahrscheinlich, ich ahnte es Sekunden über, waren es doch keine!

Durchaus möglich: Polizisten, die bestochen. Polizisten, die nur Gangster.

Sie waren wirklich keine Menschen mehr, die irgendetwas gelten durften. Sie betraten Wege, die nur noch Abwege waren! Zu lange, zu viel gelebt zu haben, scheint ein Grund gewesen zu sein, weshalb sie mich ermordeten.

In dem Morast, ganz nass und dreckig lag ich in dem schönen sanften Meeressand, manchmal heiter vom Bierkonsum lag ich auch: im frischen Beton, als er eingepumpt worden ist zwecks Fundamentierung des Hauses. Nun wurde ich dort eingesenkt, klassisch.

Mein Pech.

... aus der Ungewissheit: Rettung!

Ein satirischer Einwurf – der erste Teil

„Bumms. Rumms!“ Es lärmt gar sehr. Mit dem Philosophieren ist es nun zu Ende. Der Mensch ist eingequetscht, er singt trotzdem.

„Lalalalalala ...!“ Seine Stimme wurde nicht in Mitleidenschaft gezogen. Wunderliches kann sich stets begeben. Er blutet stark aus dem Oberkörper, des Nachts, auf einer Autobahn, alleine verunglückend, kann das schon sehr nachteilig sein.

Da kommt jemand herangefahren. „Ich bin da!“, ruft er aus.

Nun wird er aus dem Wrack herausgezogen und weint. Wird er ewig weiterweinen, oder was? Er weint außerordentlich. Mit dem Philosophieren ist heute Schluss! Jetzt gibt es keine Fortsetzung. Das Programm ist beendet worden, alle Glücklichen am Rand der Autobahn grinsen gemeinschaftlich – sie wollen bleiben, wo sie sind, und glotzen, was nur möglich ist, weil sie gut drauf sind. Tote sind ihnen weidlich egal.

Ach, du gute Welt! Wohin ist es mit dir gekommen?

„Ich habe genug vom Leben!“, schreit der Schwerverletzte, röchelt und krepiert. Dies ist der Schrecken selbst. Derselbe erfährt stets eine Vielzahl von Fortsetzungen. Und alle lachen aus vollem Halse.

„Ist der doof!“, schreien sie. Sie haben alles schon im Vorhinein gewusst. Plötzlich werden die Umstehenden ganz wach. So ein Lümmel, mögen sie wohl denken. Sie hoffen bestimmt total anderes ... nun drängeln sie sich an das Wrack heran und sind ausgelassen.

„Wir sind doch hier, mein Guter!“ Derjenige, der sterben musste, liegt in seinem Blute. Ihm ist nicht mehr zu helfen. Die Umstehenden, feiste Glotzer, wissen, was zu tun ist. Sie lassen sich ja sowieso nichts dafür bezahlen, denn sie sind unbestechlich, integer usw.. Für sie gibt es keinen Ausweg. Ihnen gefällt nur das eine, das Vollendende: Tote aufzusammeln, darin sind sie perfekt.

Aber: Auch sie werden einmal an der Reihe sein. Ob es dieses Falls für sie irgendeine Rettung geben wird, sei dahingestellt. Es könnte sein, dass es niemals eine geben könnte – nur einer von den Großen, ein Retter womöglich, könnte einschreiten und Ordnung schaffen.

Er errettet die Gestorbenen vom Sterben. Er rettet die, die sterben. Rettend, dringt er fleißig in die Toten ein. Sie sollen spüren, dass er *da* ist. Wohl muss man in ihm den Wichtigsten und Brutalsten erkennen. Anerkennung spendet man ihm in der Öffentlichkeit aber keinesfalls. Dem sollte man abhelfen.

Diese Gestalt, der Retter eben, sagt: „Mit mir nicht. Ich rette jeden. Dazu muss ich nicht der Größte sein!“ Die Möglichkeiten, die ein solcher hat, könnten hinreichend sein, wenn sie zu einem fröhlichen Gelingen inmitten einer zeitlichen Offenbarung des wahrhaft Größten beitragen könnten, doch sie tragen dazu nichts bei.

Der Retter ist der Größte. Als ein Rettender kann er so gut wie alles vollbringen und erreichen. Er macht die Ziele zu schon Erreichtem. Wer ist der Größte hier, da, irgendwo? Der, der diesen Größten spielen will, muss nicht erst geboren werden. Und: Wir möchten diese Frage nicht dauernd stellen müssen, denn das würde uns zu sehr anstrengen – wir sind die Menschen ohne viel Verstand, die sich mit dem bescheiden, was sie umgibt. Und das ist substantiell gering.

Dieser Größte sollte möglichst immer anwesend, abrufbar sein, damit man sich sicher fühlt. Das Gefühl der Sicherheit ist bedeutsam. Nur mittels eines solchen Gefühls kann man denken, dass aus einem einmal etwas Vollendbares werden könnte.

Dieser Retter lebt in einer bestimmten Zeit, einer Zeit, die einen Retter, einen Übermenschen wie ihn, unbedingt braucht, denn ohne ihn ist die Errettung vom Tode doch nicht einmal theoretisch möglich. Wir sind … ja sind uns dessen zumindest nicht bewusst, dass wir errettet werden können, wenn ein Retter auftrumpft. Ein Retter ist nämlich nicht wie ein Killer von nebenan eine unbekannte Größe, sondern eine sehr berechenbare. Wer der sozialen Ungewissheit trotzen will, muss sich an den Retter wenden. Am besten schreibt man ihm eine Karte. Dieselbe könnte nur ankommen.

„Liebe Kinder“, hieße es dann in der Antwort „... ich errette euch nur zu gerne. Dafür opfere ich meine ganze Aufmerksamkeit, alle meine Gesellschaftsspiele und Freunde. Wir müssen zusammenkommen ...“

Wunderbar ist es, dies zu vernehmen. Sollte man noch im Unklaren über die Funktion dieses Übermenschen sein, so ist man dämlich. ER IST EIN BESTIMMTER ÜBERMENSCH, als ein solcher ist er im Zentrum alles Daseins zu erblicken. Er ist zuhöchst ernst zu nehmen.

Wer an ihm achtlos vorübergeht, ist selbst schuld. Denn nur mit ihm wird gehandelt. Ja, durch ihn wird gehandelt, wenn es ohne ihn überhaupt nicht gehen kann. Als Zentrum regiert er.

Trotzdem gilt: Die Ungewissheit peinigt uns Tag für Tag. Auch wenn wir seiner Anwesenheit ständig bewusst sind, diese Ungewissheit regiert mindestens so stark wie er:

„Nur mit mir könntet ihr vielleicht vorm Tode gerettet werden, seid euch dessen bewusst!"

Natürlich fällt uns das schwer. Wir sind Irrende, uns Verirrende, Irrlichter des Herum und Herbei und Wohin?

Wir lassen uns verwirren, weil wir nicht mächtig genug sind. Leider sind wir nämlich zu beeinflussen von den Trieben und Mächten, die sich ohne das Wirken des Retters breitmachen. Das bedeutet dann auch, dass wir auf diesen Retter angewiesen sind. Er ist da. Wir sind fort. Er kommt heran. Wir schlagen uns auf irgendeine fremde Seite vor Angst. Sie macht uns ganz verrückt.

„Ihr seid meine Toten, meine ..."

„Wir gehören nur uns allein ... keine Frage ... nur uns!"

„Da irrt ihr euch schon sehr!"

„Wir irren uns in unserem Falle nicht. Denn wir sind wir. Und du bist du!"

„Das ist Nonsens, ihr existiert nur, weil ihr wie ich seid."

„Solch eine Abhängigkeit erkennen wir nicht."

„Ihr solltet sie besser erkennen, sonst helfe ich euch bestimmt nie mehr in eurem kurzen, ach so kurzen Leben, welches ich doch für euch verlängern sollte. Oder habe ich euch vor einiger Zeit falsch verstanden?!"

„Da haben Sie sich, lieber Retter, wohl geirrt!"

„Das glaube ich euch nicht!"

„Doch ihr habt euch hundertprozentig geirrt. Niemals würden wir Ihnen irgendwas anvertrauen. Dafür sind wir zu halsstarrig und eitel und auch egozentrisch. Wir brauchen keinen Retter, keinen Übermenschen!!"

„Doch! Doch!"

So kann es nicht weitergehen. Das Unverständnis, was beide Parteien zeigen, ist gewaltig. Es grenzt an Absurdität. Doch es bedeutet ja auch eine gewisse Unabhängigkeit, ist bestimmt ein Zeichen dafür. Oder? Man weiß es nicht so recht ...

Wir sind Irrende und suchen am Ende doch den Retter auf, weil wir nicht zu früh sterben wollen, wenigstens dies nicht. Und selbst wenn er uns den Vogel zeigen sollte, so werden wir nüchtern, berechnend und waghalsig bleiben, um uns von ihm nicht unterbuttern zu lassen, denn er soll kapieren, dass wir nicht in einer Abhängigkeit von ihm leben. Jedenfalls schlafen wir miserabel und kosten von den Verrücktheiten, die wir uns gelegentlich einfallen lassen. Dieselben halten wir uns vor Augen, quetschen unsere Augen aus und lachen prustend drauflos. Und in den Nächten geraten wir in die Schlangenlinien des Umherirrens, eines traumhaften Durcheinanders. Ist das nichts? Man muss nicht erst ein Philosoph sein, um Wirrnisse bewusst zu erleben.

Nun, man glaubt es kaum, wird ein Zustand festgestellt. Ja sogar muss man eine Diagnose stellen. Diese muss diszipliniert, sorgfältig vorgenommen werden, weil leicht Schäden auftreten könnten. Haben wir den Zustand einer Diagnose ausgesetzt, so müssen wir nachdenken.

Tun wir das jetzt?

Ja, wir tun es.

Tun wir es mit Überzeugung?

Aber gewiss. Schon mit einem festgestellten Zustand lässt sich etwas anfangen. Er ist bildbar. So heißt es also ...

„Das ist der Zustand, dem man besser ausweicht. Wohin jedoch, ist fragwürdig!“, sagt der Retter, der sogenannte.

Ach … Zustand. Wirklich so ein Zustand? Jedenfalls gibt es einen. Es ist dies ein Zustand, der nach dem Größten verlangt. Durchaus ließe sich mit einem der verfügbaren Retter etwas gegen den Zustand tun. Und es ist mitzuteilen:

„Dieser Zustand ist ein sehr schlechter!“ Die, die dies sagen, sind sich darüber einig. Daran lassen sie keinerlei Zweifel mehr. Sie gehören zu den fest Entschlossenen, den politisch interessierten Menschen. Sie meinen immer viel, wenn nicht alles zu wissen.

Wir erkennen das mit Notwendigkeit. Diese Entschlossenen wissen und können möglicherweise tatsächlich mehr als wir. Hingegen können wir uns finden, zusammenrotten, geistvoll sein und geschickt agieren. Dennoch wissen wir nie so ganz genau, wogegen wir uns überhaupt wenden sollen!? Denn der Zustand ist abstrakt und konkret zugleich, kaum fassbar. Ihm zu begegnen, bedeutet zunächst eine gewisse individuelle Verwirrung.

Der Zustand im Sog eines sich dreist vermehrenden Allgemeinen muss als sehr bedenklich angesehen werden. In diesem Sog gibt es keine Rückkehr, denn Rückkehr wird von vornherein ausgeschlossen. Jedermann, der Teil des Soges ist, ist in dem Zustand gefangen. Aus ihm kann er gar nicht flüchten. Jede Form der Flucht wird verunmöglicht. Ja? Müssen wir einen Zustand erhalten, der so aussieht, wie der gegebene? Wird alles, oder fast alles, untergehen, wenn wir uns nicht darum bemühen, das eine oder andere zu verbessern?

Ist der Größte ein Diktator der Gefühle? Natürlich wüssten wir das sehr gerne, doch er wird uns vielleicht, sobald wir ihn sehen, an der Nase herumführen. Könnte er das denn überhaupt? Bisweilen ist er auf der Siegerstraße gewesen. Ist er für immer dieser Größte, der ein Größter bleibt, weil wir ihn auch heute, hier, nicht im Irgendwo gebrauchen könnten, damit er ordnend eingreift, wenn Not am Mann ist?

Er ist *da*. Im Weltlichen fühlt er sich wohl, kann es mehr als nur ertragen. In diesem kann er aufblühen und sich um seine Menschen sorgen, womit er aber keinesfalls ein dumpfer, aus dem Nichts kommender Retter ist, sondern immer noch einer, der menschlich und sozialverbunden ist. Und es ist zu verdeutlichen: Als der Ordner der Ordner hat er eine hohe Gegenwärtigkeit. Auch er ist *Mensch*. Selbst wenn er sich nicht selbst so definiert. Oder einfach ein- oder zweimal darauf verzichtet. Aber immerhin treibt ihn die Sorge der absoluten Hinwendung zum Menschsein. Anscheinend will er ein Mensch sein, ein Mensch bleiben, einer, dessen Weitblick von einer gewissen überragenden Intelligenz zeugt. Darin ist er originell. Angesichts seines Wirkens lässt sich sagen, dass er durchaus das Gute erstrebt – nicht nur für sich, auch für die anderen, die ihm vielleicht nicht immer wohlgesonnen sind. So bedarf er der Anerkennung.

Inmitten einer treibenden, ungewissen Gegenwärtigkeit eines sozialen Kontextes durchlebt er manche Krise, vermittelt sie auch, und so kommt er zu Schlüssen, die über das hinausreichen, was sich im Vorfeld im Geheimen schon als Mögliches gezeitigt hat. Diese Schlüsse müssen konserviert werden, jedoch in Sonderheit vermittelt, damit die anderen Menschen an ihnen partizipieren. Er lässt sie mitleben. Sie sollen dies sogar! Indem er sie sieht, Zusammenhänge erklärt, Entschlüsse ankündigt und erläutert, zeigt er sein Können, seinen Durchblick, seinen fernen Blick aufs Wesentliche auf.

Jedoch gilt heute: Er muss ohne Zweifel als ein Gescheiterter betrachtet werden, da er Tiefgründiges trotz all seiner Qualitäten gar nicht wahrnehmen kann. Er schippert so auf der Lebensoberfläche des Alltags herum, ohne zwischenmenschliche Beziehungen zu knüpfen, die Menschen bereichern können, welche sie nämlich zu wahren, ehrlichen, gewissenhaften Persönlichkeiten reifen lassen. Er ist eine Größe, aber bloß eine falsche Größe des Wunschdenkens von manchen, die ein Objekt der Anbetung und der Verehrung brauchen, um sich selbst wichtig und ausgefüllt zu fühlen.

Er nicht! Er nicht! Er nicht!

Sein Stern ist aufgegangen, aber nie wirklich groß geworden. Er flimmert so durch den Nachthimmel unserer Existenz, die in sich selbst immer viel mehr ist als das, was er je sein könnte: Mensch, unvollkommen.

Der zweite Teil

Noch haben wir es mit dem Phänomen des Un- zu tun. Mit diesen mithin unwahrhaftigen Unklarheiten ist schwer zu leben. Sie treiben einem Schweiß ins Gesicht. Was Wahrheit ist, verschwindet des Öfteren hinter dem Erkenntnishorizont, dessen wir habhaft werden können, wenn wir uns ehrlich bemühen. In der Wahrheit löst sich vielleicht doch noch das Unklare auf?!

Viele möchten sie beiseiteschieben, wir jedoch nehmen sie an, denn wir wollen sie überwinden, da wir gut initiativ handeln können. Das weist auf den Handlungshorizont, der jeweils in einer individuell-aktualisierten Form erkennbar werden kann. Er ist nicht immer *da*, was nun einmal sein Problem darstellt, denn nur mittels konkreter Aktivität werden wir zu Menschen, die Horizonte öffnen, die auch der Retter für uns hätte öffnen können ...

Diese Aufgabe werden wir ihm nicht übertragen. Es wäre zu extrem und eine Verachtung gegenüber dem einzelnen Menschen, der immer zu handeln hat, auch wenn sein Wirken oft ins Leere geht.

Da sind wir ... Sind. Weil wir handeln, sind wir wer. Wer ist WIR? Mit Selbstverständlichkeit ziehen wir uns selbst in Zweifel. Über uns wirkt ein wunderliches Unwetter. Die Donnerwolken ziehen sich über uns zu einem dubiosen, sehr fragilen Gerüst zusammen. Nun fühlen wir uns verlassen, ja verloren. Erstaunlicherweise müssen wir zu der eher wohltuenden Einsicht kommen, dass es eben doch immer noch am meisten auf uns ankommt. Das ergibt sich aus dem Faktum des wildgewordenen Himmels, der Zeichen gibt, die uns Kreativität, Initiative, Rauflust, Erkenntnisdrang und einen seichten Wahn einhauchen.

So werden wir aus dem Dualismus des Oben und des Unten zu denen, die handeln können, weil ihnen nichts anderes übrig bleibt.

Ein Ende, ein Anfang ... die gegenwärtig wortlos Auftretenden schlagen auf breite Trommeln, die ... zukünfteln. Ah, so so! Es ist gut. Es ist übel. Es könnte besser werden. Wunderhübsch ist der Tag, der beginnt.

Dieser ist stets einmalig und unwiederbringlich. Wer würde ihn nicht erleben wollen? Dies ist eine unfassbare Sensation ... sie trägt dann letzthinnig zum allgemeinen fröhlichen Gelingen bei.

Ah, was denn?! Wir können uns dieser Auftretenden nicht erwehren, sie sind starr. Und wir sind es auch, leider! Ohne uns läuft aber nichts hier!

Der schwarze Dampfer

Verlockt von schönen Aussichten auf Freiheit,
die geboren aus der Fantasie,
bin ich auf den schwarzen Dampfer gesprungen –,
welcher nun immer weiter fährt,
ohne dass das Ziel bekannt wäre –

verzweifelt suche ich nach ihm!
Recherchiere, stelle Fragen – glaube fest an Zielerreichung
und ertrage einfach den Alltag auf dem Dampfer,
wo der Mensch zum Mensch erklärt wird,
jedoch in Wirklichkeit keiner ist …

wo jeder an den Rand gedrückt wird
in einem fröhlich-illusionären Dampfergefängnis –.
Es werden immer wieder dieselben Freiheitsbilder
erzeugt und verbreitet an die, die naiv geblieben sind:

Sie haben kaum Zeit zum Nachdenken, somit
keine Möglichkeit, die Wahrheit voll zu erfassen:
Keine Gelegenheit für die Flucht!
So ergeht es den meisten Fahrgästen!

Sie werden bei Laune gehalten …

Das Gebäude

Kürzlich durfte ich das Gebäude, gerade fertiggestellt, besichtigen. Mein Gebäude. Der Architekt und Bauleiter war an meiner Seite und erläuterte. Alle meine festlich gekleideten Begleiter, Sektglas in der Hand, frohlockten, weil sie mein befriedigtes Gesicht gesehen hatten und nur nett zu sein wagten.

Einen langen schmerzvollen Winter lang hatte ich Dagmars Quengelei ertragen müssen. Sie wollte die Erstellung des Gebäudes so bald wie möglich. Ihre Unerbittlichkeit war unverschämt, manchmal war ich nahe dem Nervenzusammenbruch! Per Auftrag Anno 01 setzte ich dem ein Ende. Da war ich aber froh! Architekt Burgsmaier war's genauso.

Er kannte sich in der Branche aus. Entwürfe und Pläne aus seiner Hand waren innerhalb und außerhalb der Metropole bekannt. Ohne ihn lief kein größeres Geschäft in der Baubranche. Er lag bestens im Rennen bei vielen verschiedenen Projekten – ein Vollprofi, der mit allen Wassern gewaschen war. Vor ihm musste man sich in acht nehmen. Zum Feind durfte man ihn nicht haben.

Und meine Frau hatte er sich auch schon angelacht, dessen ich mir sicher war, als ich mit ihm anlässlich einer Detailbesprechung auf der Baustelle saß.

Ihm ging es ausgezeichnet. Eingesackt hatte er sein Honorar schon. Abgesprochen war alles, vertraglich abgesichert war das meiste – das Bauunternehmen hatte er, wie er leichthin sagte, *unter seiner Knute*. Er würde, versprach er, pressen, erpressen, auspressen, wie es nur möglich war. Zum Beweise verwies er auf seine Erfolge. „Noch war jeder zufrieden mit mir!“, sagte er und ich nickte zustimmend. Mit ihm, so meinte ich, hatte ich den großen Verteidiger meines Geldbeutels auf meiner Seite.

„Es ist aber auch Ihre Pflicht, ... auf jede einzelne Kleinigkeit bei der korrekten technischen und handwerklichen Ausführung Wert zu legen, mit jeder rechtskonformen Methode besonders clever alles auszunutzen, was nur auszunutzen ist, insgesamt ebenso vorzugehen, damit es zu unserem Wohl ist. ... Kostendämpfung ist angesagt.“

„... ach, es ist nicht extra zu erwähnen. Sie kennen meinen Ruf! Ich erreiche das, was für meine Kunden möglich ist. ... Der Bauunternehmer wird unter Druck gesetzt, er muss schnell sein mit vielen Arbeitskräften, trotzdem beste Qualität liefern. Später werden viele Abzüge vom Schlusspreis gemacht. Und währenddessen erteilen wir Falschanweisungen und unterlassen Anweisungen auf der Baustelle. So entstehen die Mängel, die uns zu den Abzügen berechtigen! ... Bauvorschriften werden ausgenutzt, nicht umgangen!"

„Sie sind ja unvergleichlich mit Ihren ... Superideen!", stellte er begeistert fest. Ich nickte voller Bescheidenheit.

Er: „Ich bin eben ein ... der einfallsreichste Bauleiter im Diesseits!"

Ich: „Das möchte ich unterstreichen, soweit ich das beurteilen kann!"

Er: „Können Sie, können Sie!!"

Ich: „Aber ein Fachmann bin ich auch nicht!"

Er: „Ich habe feststellen können, dass Sie sehr viel Durchblick haben, ... der Bau liegt Ihnen, ... Sie hätten Bauingenieurwesen studieren können!"

Ich: „Nein ... keine Begabung. Ich habe andere Begabungen. Bauherr zu sein ist einfacher. ... wirklich. Daran gibt es keinen Zweifel!"

Er: „... stellen Sie Ihr Licht nicht unter den Scheffel!"

Ich: „Ich habe andere Bildungsinteressen gehabt. Neuerdings, da wir bauen, ist das anders geworden. Jetzt kann man sich langsam ein Urteil erlauben, denn man muss mitdenken und mitplanen und sowieso alles – letztlich als der, der das Geld bereitstellt – mitorganisieren!"

Er: „Ist ... schon wahr. ... Sie können das aber auch ganz vortrefflich. ... Das werden die Bauunternehmer und die Bauarbeiter schon sehen."

Ich: „Wissen Sie ... ich möchte meinen, dass ich jetzt mein Herz für den Bau entdeckt habe. .... meine Dagmar, die schönste Frau im Land, liebt allein schon den Gedanken an dieses Gebäude. Natürlich: konkurrenzlos-genial als Kunstwerk der Architektur."

Der Architekt und Bauleiter kratzte sich mit seinem Stift hinterm linken Ohr. Er liebte diese Beweihräucherung, die gegenseitig erfolgte. Das war der Erfolg, welcher gar kein Ende nehmen wollte! Und nun sah er, wie ich, der Bauherr, meine Strümpfe hochzog, wobei ich ein Geldstück fand und aufhob. „Sehen Sie mal, eine tolle Münze. Echt geil", sagte ich locker.

Der Bauleiter: „Einer der Bauarbeiter hat das Geld wohl verloren. Legen Sie es besser in die Baubude draußen!"

Sicherlich war es eine ganz große Sache. Der Architekt hatte es mir versprochen: schön, genial, Kunst, schnell, perfekt in allem, und: spottbillig.

Den Unterdrückungsapparat stellte er im Rahmen des an ihn gezahlten Honorars zur Verfügung.

„Es wächst und wächst“, meinte ich an einem anderen Tag. Es hatte zu regnen begonnen. Wir waren vor der Baustelle auf der Straße. Unter meinem Regenschirm fühlte ich, dass der Architekt mein Freund war. Ich war einer seiner Bewunderer geworden, fühlte, dass es mir gut geht. Die Fußgänger bemerkte ich kaum noch, wenn ich mit ihm zusammen war.

„Ja, das tut es“, bestätigte er das. Dann schniefte er mit der Nase. Er hatte einen grippalen Infekt.

Hier, vor dem Gebäude, war alles noch überschaubar als eine Baustelle, ein Bauobjekt, was viel Geld verschlang und dessen Fertigstellung noch auf sich warten lassen würde.

Heute zog ich mal meinem Architekten davon, der sich – die Ausnahme! – als langweilig erwiesen hatte. Wenn ich nunmehr langsam durch die Vorderhalle, diese schon fast fertige, gehen konnte, so fühlte ich unter meinen nackten Füßen nur das lauwarme Wasser sprudeln. Himmelherrgott, war das angenehm zu fühlen! Erst blieb ich stehen und hielt es für eine Sinnestäuschung, aber es war keine. Ich glaube, so mancher hätte mich gerne begleiten wollen. Aber ich hätte jeden zurückgelassen vor der Tür, denn ich würde auf jeden Fall nur alleine in diese Vorderhalle gegangen sein – bis jetzt, Montag!

Zwei volle Wochen später lief ich in ein Gebäude, dessen Fertigstellung wider Erwarten etwas weiter weggerückt schien als vorher. Manches kann passieren. Unerwartetes passiert. Man erträgt gerade so den Ärger. Eventuell sucht man nach Erklärungen. Möglich, dass man falsche Erklärungen findet, die einen irreleiten.

Ich nahm den Eingang und stürmte durch die Halle. Es war warm. Ich löste meinen Krawattenknoten sehr bald, als ich mich in eine alte zerschlissene Ledergarnitur gesetzt hatte, um nachzudenken.

„Ich könnte, ...“, nuschelte ich so daher, als ob ich beabsichtigen würde, einem mein Leid zu klagen, wiewohl hier doch nur desinteressierte Menschen herumliefen. Es waren die Bauarbeiter. Sicher saßen sie in den Pausen auf demselben Leder, auf dem ich jetzt saß. Einige schienen wirklich emsig tätig zu sein. Zwischendurch wagte ich kurze Beobachtungen ihrer Arbeit. Direkt enttäuscht war ich nicht von dem, was ich sehen konnte.

Ich hatte doch nur nachgucken müssen, was passiert war, weil mich mein lieber Herr Architekt nicht informiert hatte, – bisweilen schien er doch, musste ich zugeben, etwas zu schludern. „Die sind doch am Arbeiten“, stellte ich schließlich fest. Dann stand ich auf. „Das Schlimmste ist noch nicht eingetreten. Aber Geld wollen sie haben.“

Etwa eine Woche verging ohne mein Eingreifen.

Sie hatten gearbeitet. Immerhin. „Ob das jetzt so weitergeht ohne Geld?“, fragte ich mich. Nicht lange hielt es mich auf den Treppenstufen zu Hause, als ich meinen Mantel übergestreift hatte. Der Weg ging abwärts. Zwei Stufen immer mit einem Satz. Die Tür. Die Straße. Viele Autos. Was sonst. Es musste etwas passieren. Mindestens eine bauliche Kontrolle mittels eines Rundgangs war vonnöten. Jetzt musste ich mich an den Leistungen dieser *Leute vom Bau* reiben. Kontrolle hieß für mich *kritische Kontrolle*. Weil ich Akademiker war, war ich bestens gerüstet für derartige private Maßnahmen von höchster persönlicher und beruflicher und finanzieller Relevanz.

Ich machte daher so einen Rundgang über die Baustelle. Zunächst: Geparkt wurde in Sekundenschnelle. Einen Fußgänger rannte ich fast um. Hektik kam aber nicht auf. Ich würde es äußerste Betriebsamkeit nennen: aus Engagement. Ich war hoch motiviert. Der Rundgang war nötig und eilte.

Ohne meine Herzallerliebste war so ein Rundgang durchaus – ich besaß Erfahrung darin – schnell durchführbar, schneller als der Hausbau und Ähnliches. Wie auch nicht? Meine klugen Feststellungen aufgrund von laienhafter Kompetenz würden alles an üblen finanziellen Forderungen beträchtlich herunterschrauben. Dachte: Vielleicht geht ja doch nicht alles mit rechten Dingen zu – feststellen und hinschreiben!

Ein Protokoll konnte ich erstellen. Der Kuli war in der Hand. Ich führte ihn schon über weißes Papier, wie man eine Handgranate in der Hand mit sich führt. „Die Beweise. Diese werde ich finden!“, sagte ich zu mir selbst. Mich konnte keiner hören. Es war alles leer hier, als wäre heute eine Art Ruhetag für diese „Faulen Scheißkerle – Arbeiter genannt!“ grollte ich. „Sie kosten immer, bringen wenig!“

Nunmehr war also eine Beweiserbringung durchzuführen, falls denn real und faktisch etwas von den Leistungen zu beanstanden war, die demzufolge von meiner und vonseiten meines Architekten praktisch Abzüge nötig machen müssten. Daran bestand überhaupt kein Zweifel. Der Argwohn gegen die *Männer vom Bau* packte mich. In denen sah ich nur den Neid auf meine Börse wirken. Im Augenblick hielt ich sie für solche Leute, die nur darauf warten, überbezahlte oder sogar überflüssige Arbeiten machen zu können.

„Aber ... Vorsicht!"

Da stolperte ich nämlich über zerhauene Bretter und Dielen, aus denen rostige Nägel schauten. Steinbrocken flogen, lagen herum. Ganze Steine waren an Wänden ordentlich gestapelt. Gerüste waren etwa zur Hälfte errichtet. So sah es aus. Chaos. Dummheit. Primitivität.

Das Protokoll füllte sich Seite um Seite. Ich war eifriger denn je. Wahrscheinlich hatte ich niemals zuvor Gelegenheit zu so viel Eifer gehabt! Fantastisch! Ich hatte nicht genug Papier mitgenommen, musste ins Kaufhaus nebenan gehen, um etwas zu erwerben. Die smarte braun gebrannte Verkäuferin blinzelte nur vielwissend. Ich aber wusste nicht, warum. „Danke."

„Bitte!", sagte sie.

Bald war ich wieder im Gebäude, diesem Gebäude meiner Siege und Träume. Desgleichen erschien mir einmalig im Sinn von: Lebensarbeit, Lebenstraum, Lebensgeldausgabe. Und Letzteres war – ehrlich gesagt –, wenn schon nicht zu verhindern, da unmöglich, so doch zu behindern.

Aus diesem Grund ließ ich für mich diesen Rundgang stattfinden, das Protokoll war zu verfassen.

„Diese Proleten wissen nur, wie man einen braven Menschen abzockt, ansonsten sind sie die Ärsche der Stadt, ohne viel Anerkennung und sie haben 'ne große Klappe, ungehobelt, grob, laut, blöde, schnell sauer, hauen auch auf die Fresse – denke ich einfach!"

Nach nicht einmal einer Stunde hatte ich eine Liste mit Mängeln vollgeschrieben und war glücklich.

Jetzt würde ich die Abschlagsrechnung bekämpfen können. Sie war schon gestellt worden. Das Geld? Das Geld. Mal sehen. Ich hatte mit diesem Protokoll eine harte und gefährliche Waffe in der Hand! Dem würde man erst mal Paroli bieten müssen. Ich fühlte mich glücklich und toll, denn ich hatte etwas geleistet. Einem vor's Schienbein zu treten, dies war für mich die beste Methode der Gegenwehr. Keine Zeit blieb noch. Warum nur hatte meine Frau Rechnungen vor mir versteckt? Immer bestand diese Gefahr. Dabei musste ich jederzeit die geeignetste Maßnahme treffen können, wozu der höchste Informationsstand nötig war.

Also, *d a s* Objekt würde mir nicht mehr den Schlaf rauben. Diese leider schon vom Architekten positiv bearbeitete Rechnung würde ich nun angreifen können. Paragrafen des Baurechts waren optimal auszunutzen, damit es funktioniert: Alle hintergehen, die für die geleistete Arbeit von uns Geld haben wollen!

„Das geht so“, sagte ich, „mit den Gesetzesparagrafen hebeln wir die anderen, die Feinde, ganz aus!“ Ich dachte wie ein Generalstäbler! Sie hätten längst nicht genug gearbeitet, um überhaupt eine Bezahlung beanspruchen zu können. Ethisch gesehen seien sie dumme Säue, zumal sie ja schlecht gekleidet, unkultiviert aufträten.

Ich kam mir schlau vor. Mein Gegenüber kam sich auch schlau vor, vermutlich noch schlauer als ich. Zwar war ich müde geworden, trotzdem willens, nicht einzuschlafen. Schließlich musste ich die Linie, zusammen mit ihm, diesem Vertrauten in Bauangelegenheiten, abklären.

„Diese Säue mit ihren Interessen sind zu ignorieren, so gut es nur geht!!“, tönte ich.

Mein Gegenüber, dieser neue Architekt, nickte. Wir saßen in seinem Wohnzimmer, in einem schönen Haus mit einem Pool zum Schwimmen weiter hinten bei den Kühen, die vom Bauer angemotzt wurden, als wären sie blöde Raufburschen, die man zu drillen hätte. Kurz einmal warf ich einen Blick auf diese Szenerie, wandte mich aber gleich wieder von ihr ab. Im Wohnzimmer war es kühl. Ich bat um eine Wärmedecke, die ich mir, gerade überreicht bekommen, auf meinen Oberschenkeln ausbreitete, um mich optimal einzupacken.

Fünf Stühle standen bei sechs anderen, grüngestrichenen, die leer waren, wogegen diese fünf mit Zinnsoldaten vollgestellt waren. Eine Schrankwand war an allen der Wände des Wohnzimmers zu sehen. Ich wurde nicht nervös, sondern immer interessierter, ruhiger, ... stellte mich auf meinen Partner im Gespräch ein. Seine schöne Frau lenkte ab, aber nicht allzu sehr. Noch konnte ich geistig folgen. Dazu ihn geistig anregend unterhalten und beeinflussen!

Besonders ansehnlich war er, von außen betrachtet, nicht. Deshalb registrierte ich kritisch so manches … hatte er doch ein Gesicht mit flach rasiertem, dünnhaarigem Bart, der überall, an jeder Stelle des Gesichts, anwuchs. Das sah eklig aus. Ich hatte es erst für eine Maske gehalten. Wahrscheinlich war er nicht einmal 1,50 Meter groß und kaum älter als fünfunddreißig Jahre alt. Seine Hände, bläulichen Lippen, seine Beine waren ausgesprochen dünn und feingliedrig. Daran würde er eines Tages zugrunde gehen! Seine ihm angetraute Frau war sexy-kastanienbraunen Schopfes, bleichen Gesichts, mit einigen Schrammen an den bloßen

Armen bis zum Ansatz des Pullunders. Ich sah auch, dass sie pummelig war. Sah auch, dass sie sich gab wie eine Dame des gewissen Gewerbes, indem sie mich immer wieder zur Ablenkung anmachte. Ihre Figur stieß mich, leider, ziemlich ab. Sie war ganz und gar nicht mein Geschmack! Aufgrund dessen konnte ich in erotischer Hinsicht kein Problem bekommen. Und nun holte sie eine Kanne frischen Kaffee aus der Küche. „Danke", sagte ich zu ihr. Sie entfernte sich ohne Erwiderung.

„Hmm, doch ... schon, aber noch klüger müssen Sie schon sein!", sagte Architekt Krieger, um so die Gedankengänge fortzusetzen, die doch wesentlich waren, und wegen derer wir hier zusammensaßen.

Er war ja der ganz neue, von mir gut bestallte junge, aufstrebende Architekt. Ein noch cleverer Architekt als der vorherige war er. Was ich brauchte, konnte er bestens arrangieren! Ihn musste man nicht loben, irgendwie anspornen, besonders motivieren. Derartige Maßnahmen wären sogar ins Leere geschossen. Dieser Herr war, obgleich jung und hungrig und aufstrebend, noch vom alten Schrot und Korn.

„Sie können das Gesetz brechen, sofern es sich als opportun erweist. Nur wenn das Risiko zu groß sein sollte, so lassen Sie das bitte!!"

„... wenn mich jemand erwischen könnte ...?!", fragte ich nach.

„Ja!", bestätigte er.

„Aber Sie sind doch auch Geschäftsmann", fügte er noch mit einiger Überzeugungskraft an.

Wir kippten ein, zwei Korn. Es war regnerisch draußen. Die Leute drängten sich unter die Schirme. Lastkraftwagen donnerten über die Hauptverkehrsstraße. Mir war unwohl.

„Nicht immer wird etwas ganz schlecht, wenn es um die erfolgreiche Durchsetzung geht!", wandte ich mich gegen diese Unterstellung.

„Ja, das nicht, aber ich weiß von vielerlei Möglichkeiten, die man nutzen kann. Ich kenne mich überall aus."

Der Weg zum Erfolg war ein direkter Weg! Ich wurde ins Bild gesetzt. Es war dies das erste informelle, aber umso ertragreichere Gespräch.

„Ich muss mein Gebäude von einem anderen Unternehmer weiterbauen lassen?!", fragte ich ihn. Jetzt wollte ich das genau wissen.

„Nun, nicht nötig. Aber vielleicht besser. Dieser hier ist halsstarrig, ... vielleicht clever, Sie könnten mit dem nicht einfach reden. Man kann es noch nicht wissen: Aber unterschätzt werden sollte er nicht, schätze ich. Er ist hart im Nehmen! Er kennt sich aus in der Branche! Mit seinen

Leuten reißt er eigentlich viel, aber nicht alles. Also: Wenn wir cleverer sind als er, so besteht die Chance, dass wir ihn übervorteilen, ausspielen, ihn vielleicht ausnehmen können!“

„So ist das“, sagte ich bedauernd. „Ich meine, dass er bleiben sollte. ... Er könnte sonst Schwierigkeiten machen! Ich will nämlich keine. Ich will meine Ruhe. Das Gebäude muss errichtet werden, darum geht's.“

„Na gut“, schloss der Architekt an.

„Der Bauunternehmer lässt keine fremde Erwägung unreflektiert stehen, sondern bemüht sich darum, alles zu durchschauen, was ich, was Sie ihm präsentieren!“

„Wenn Sie das so sagen ...“, bestätigte ich ihm.

„Dieser Mensch macht andere fertig, wenn er es für vorteilhaft hält!“

„... bedenklich“, wandte ich nunmehr doch mit gerunzelter Stirne ein. Nun war erst einmal kurz Sendepause. Ich blickte mit einer leisen Sehnsucht auf das hektische Straßenleben. In der Hochbaubranche ging es allzu übel zu.

Der Architekt: „Unsere Interessen sind nicht die seinen. Und seine eigenen Interessen vertritt er mit allen Mitteln. Ich habe von ihm gehört, aber hören ist nur Hörensagen, keinesfalls schon Wissen. Das reicht nicht für ein Urteil. Aber wir haben uns, Sie haben sich rechtlich abgesichert. Wenn wir dieses Protokoll vorbringen, so könnte es klappen, ihn auszuhebeln!“

Ich: „Also muss ich kein Gesetz brechen.“

Er: „Vorerst bleibt es lediglich bei der Reinschrift des Protokolls und seiner Versendung an den Bauunternehmer. Er wird eine Nuss zu knacken haben. Dessen bin ich sicher. So manches Unternehmerlein konnte ich reinlegen, ohne einen Verlust einstecken zu müssen für meinen Auftraggeber. ... Dieser hier ist unberechenbar clever, aber wir werden gegen ihn vorgehen! Das Protokoll ist ein erster Schritt in die richtige Richtung.“

„Ich bin ganz ihrer Auffassung!“, gab ich ihm dann doch noch deutlich recht.

Fünf Wochen verstrichen. Das Gebäude war errichtet. Ich war glücklich. Meine Familie war es ebenso. Architekt Krieger wollte sein Honorar, was ich ihm vorenthalten hatte, einklagen. Er war sehr bemüht. Ich hatte ihn hassen gelernt. Er war einer von der üblen Sorte. Seine Praktiken, seine einzelnen Vorschläge, die ich das Vergnügen hatte, kennenlernen zu dürfen, waren katastrophal. Er distanzierte sich von mir auch. Trotzdem leistete er die nötigen Arbeiten als Architekt zu meiner Zufriedenheit. Es ging so hin.

Der Bauunternehmer hatte fast sein ganzes gefordertes Geld bekommen. Die Forderungen seinerseits waren beglichen worden.

zum frieden

entsagen kann man vielem, ein muss ist das entsagen von jeglicher gewalt. dafür tun wir alles. sind immer bestrebt, diese regel zu befolgen, gleich welchem druck wir ausgesetzt sind. selbst wenn das vermeintlich böse einziehen sollte, welches immer wieder provozieren will: in gestalt von menschen. oder nur in den formen, die uns wort und bild ermöglichen.

mit worten setzen wir uns auseinander. vielleicht einmal zu stark und zu viel, aber es bleibt bei den worten. sie kommen und gehen. und ihre verwendung lässt uns hoffen, dass dereinst wirklich und wahrhaftig überall frieden sein wird.

selbst wenn einmal die dummheit zu triumphieren scheint ...!

der dämmer über manchen eingebrochen ...!

die hoffnung ist immer ganz lebendig. es motivieren uns die klugen gedankengänge des vorwärts.

dieses besteht besonders im friedlichen miteinander des sich-ausgleichens, der vermittlung und der kommunikation auf gleicher augenhöhe.

Der Rettungszauber der Hexenschwestern

Es ereignete sich vor vielen Jahren. Die Zeit war anders als heute. Einige Geschöpfe nannte man Hexen, Feen, Trolle und so weiter. Gab es sie wirklich? Vielleicht. Ich vernahm folgende Geschichte, die ich euch jetzt weitererzähle. Und ich freue mich, denn sie zeigt, wie seltsam das Leben der Menschen auf der Erde manchmal sein kann:

Damals … als die meisten Menschen noch sehr einfach lebten und von Wundern umgeben waren, trafen sich Hexen auch mit der wunderschönen Fee Luciebabienne an dem großen See. Es war gerade das große Jahr der Zaubereien, die böse oder gut waren. Einfache Menschen waren davon wenig begeistert.

Luri und Lari hießen die Hexen, die die berühmte Fee Luciebabienne sofort sahen und sie freundlich ansprachen. Diese Hexen waren fast genauso berühmt. Sie galten einigen Menschen als Glücksbringerinnen. Hingegen war Luciebabienne – trotz ihrer atemberaubenden Schönheit – als hinterhältig verschrien. An diesem großen See wollten die Hexen die Fee verzaubern. Für die Hexen war das sehr wichtig!

Die beiden waren Schwestern, in der Zauberei sehr erfahren und weise. An diesem Tag waren sie gut gelaunt. Recht nah an dem großen See Darmitan standen sie dann, um genau zwölf Uhr mittags den Zauber durchzuführen. Er betraf alle Menschen im Land Darlitsistan. Und eben alle anderen Lebewesen auf der Welt, ging es doch darum, die Welt vor Luciebabienne zu retten! Die Fee galt nämlich als das Geschöpf, das die Welt bedrohte. Alle Menschen wussten das.

Ziemlich angespannt waren Luri und Lari, auch aufgeregt, manchmal auch zu Späßen aufgelegt. Stundenlang bereiteten sie den Zauber vor. Manch nettes Geschöpf umgab sie dabei. Die Aufmerksamkeit aller war ihnen bei dieser Zauberarbeit sicher! Sie wussten selbst ganz genau, wie wichtig ihr Zauber war, und dass der Zauber sie noch viel berühmter machen würde. Besonders die Menschen hatten das, was jetzt kommen sollte, seit Langem erhofft. Sie hatten ja meist große Angst. Viele trugen

Narben in ihren Gesichtern, die von den bösen Zaubereien der Luciebabienne, dieser falschen Schönheit, kamen.

Aus der Ferne, vor ihren eigenen Häusern stehend, versuchten sie, möglichst viel von der Zauberei zu sehen und zu hören.

„Zauber hier, Zauber dort – sie verschwindet alsbald!", sprach Luri und kicherte dabei. Die Hexenschwestern wussten, welche Hexensprüche gesprochen werden mussten. Sie hatten am Vortag in ihrem Zauberbuch *Hexenweltzauber* nach den richtigen Sprüchen gesucht und diese auch gefunden.

„Zauber dort, Zauber hier! Lucie, du böse Fee, geh'!", tönte jetzt Lari. Sie lachte kurz darauf aus vollem Halse.

Aber Luciebabienne blieb. Es erstieg aus den seichten Wellen des großen Sees der magische Kleindrachen Autili und erwies sich als Retter der Fee, die die Fürsprache dieses Autilis unbedingt brauchte und auch erhielt. Das Tier konnte nicht wie Menschen sprechen, aber trotzdem der Fee alles sagen, was nötig war.

Nach wenigen Minuten entschwebte die wunderschöne Fee Luciebabienne den Blicken und dem Zauber der Hexenschwestern, sodass diese verstimmt die Zauberarbeit abbrechen mussten. Was Luciebabienne tun würde, um sich an Luri und Lari zu rächen, konnte sich keiner vorstellen.

Wahrscheinlich würde es schrecklich sein!

Zeitgeist

Wissen Sie, dass es mich wirklich gibt?

Sie und ich

Bin ich groß, klein, ein menschliches Wesen, Gott?

Wer bin ich überhaupt? Diese Fragen muss ich mir stellen, heute und immer wieder. Das wird mir von keinem abgenommen. Mein Name lautet Zeitgeist.

Diesen wissen Sie jetzt! Merken Sie ihn sich bitte, sofort – ich bestehe darauf! Alle Menschen sollen ihn kennen. Er ist nämlich so gewöhnlich, dass mit ihm die Phänomene von dem, was überhaupt mit menschlichem Verstand wahrnehmbar ist, begrifflich eng eingefasst werden können!

Ist das nicht hervorragend? Ich denke schon. Ich bin hervorragend! Mit mir wird allem vom Menschen bewusst Wahrnehmbaren auf Erden, insbesondere aber (und dies ist besonders wichtig!) dieser meiner Gesellschaft, die ich mir ausgesucht habe, eventuell noch weiteren Gesellschaften, mein geistiger Prägestempel aufgesetzt.

Sehen Sie sich als geprägtes Individuum an? Fühlen und denken Sie jetzt tatsächlich die Welt gerade auch im Geiste dessen, was ich Ihnen eingeprägt habe? Es wäre möglich, sofern Sie sich gerade die nötigen Gedanken gemacht haben und nicht etwa mit einem gedanklichen Lächeln abgeschweift sind von meinem durchaus logischen Gedankengang. Sie müssen sich dessen voll bewusst werden, sonst denken und fühlen Sie natürlich nicht so.

Ich habe Sie geprägt, doch Gott bin ich ja nicht, ich hieße in diesem Falle Gottgeist. Das wäre doch zu blöde ... als in der Zeit Liegendes weiß ich um alles und jeden, doch ich bin kein Gott oder gottähnliches Wesen! Ich habe Sie nicht geschaffen. Zweifelsohne werde ich niemals jemand sein, der eine Funktion als Schöpfer ausübt.

Irrtümer und Fehler

Etwas ungemein Wichtiges an dieser Stelle: Irrtümer und Fehler der Menschen sind schon an Zahl so gewaltig, dass sie Gegenmaßnahmen provozieren. Denn das kann mit Ihnen nicht so weitergehen! Sie scheinen sich nicht so einfach selbst korrigieren zu können. Das ist ein großes Problem! Ein massiver Handlungsbedarf, der akut ist, besteht somit. Dieser besteht eigentlich für jeden, der mit Erziehung und Bildung der Menschen zu tun hat.

Anscheinend ist radikaler vorzugehen als bisher (von mir) gedacht. Ganz ehrlich, ich dachte nicht, dass die Durchführung dieser Herkules-Aufgabe von mir erwartet werden würde. Nun ja, es ist so – ich stehe vor einer Herausforderung der besonderen Art. Hiermit erkläre ich, dass ich sie annehme. Ich werde alles geben, wenig ist das bestimmt nicht, zudem werde ich imstande sein, von meinen Zeitgeist-Fehlern zu lernen.

Und wie ich Ihnen gegenüber gern in aller Offenheit eingestehe, bin ich nicht allwissend und in jeder Hinsicht perfekt. Von daher könnten mir natürlich während der Durchführung dieser Aufgabe Irrtümer und Fehler unterlaufen. Keine Frage.

Gegenmaßnahmen? Auflehnung!

Man muss sich gegen die Menschen mit ihren Irrtümern und Fehlern sowie all ihren Dummheiten sogar mit einiger Macht auflehnen, wenn es nicht anders geht! Das würde selbstverständlich noch mehr als die oben angesprochene Herkules-Aufgabe darstellen! Vielleicht wäre dies gar nicht mehr ein etwas Durchführbares? Hier wäre schon eine ans Geniale reichende Intelligenz gefragt, weil der Weg dorthin wohl sehr weit ist, – viele Menschen verstünden nicht, dass er nötig wäre und wie viel Zeit aufzubringen wäre. Alles andere als einfach!

Es würde wahrlich die Prägekompetenz brauchen, nämlich meine, die des Zeitgeistes, welche in der Lebenspraxis diese ungeheure, sinngebend weitreichende Auflehnung überhaupt erst ermöglichen könnte.

Ihre Lebenspraxis ist meine Lebenspraxis! Wie problematisch das trotzdem oder gerade deswegen offensichtlich ist! Dennoch: dabei auch sensationell großgeistig und die Zukunft bahnend. Für mich als Zeitgeist wie für alle anderen, die die Menschen in ihren ausgetretenen Pfaden lassen oder eben nicht mehr lassen. Kreative Autoritäten gibt es eine ganze Menge, wenngleich ich sie hier nicht aufzählen werde.

Ich als Zeitgeist, der Euch alles gibt

Ihr Leute, ihr habt vorhin gedacht: „Spinnt der denn total?“

Aber ich frage jetzt: Übersteigt das nicht wirklich euren geistigen Horizont, ist das nicht unfassbar für euch? Vorerst. Es wird nicht lange dauern, dann werdet ihr mich horizontal verstehen, mit allem, was ihr seid und bleiben wollt. Sicherlich werdet ihr euch noch daran gewöhnen, DENN ich gebe euch das Denken! Ich liefere die erforderliche Prägung.

Hiermit handelt es sich keinesfalls bloß um ein Geschenk, sondern um die Übertragung meiner Eigenschaft auf die einzelnen Menschen, die ich zu prägen habe, und natürlich die Gesellschaft, die ich prägen will … das Land, die Kultur. Ich als Zeitgeist kann überall mit Erfolg tätig werden!

Die Prägefähigkeit ist (in meinen Augen) die wichtigste Eigenschaft meines psychischen Wesens, welches alle lebendigen Wesenheiten mit Bewusstsein zu prägen vermag. Begreifen Sie das? Ich fürchte, dass dies zu viel für Sie ist, aber geben Sie nicht auf, … andererseits müssen Sie das auch nicht ganz begreifen. Eine Notwendigkeit dafür besteht objektiv nicht.

Hie und da gebe ich mich mal einem normalen Menschen sofort und in meiner ganzen Größe als das zu erkennen, was ich wirklich bin. Wenn er dann einen Schock bekommt, ist das nicht meine Schuld. Manchmal meine ich sogar, leicht über alles bisherige schnöde Weltliche als ein großer, alles erfassender Zeitgeist groß triumphieren zu müssen, erkenne dann aber schnell, wie dumm es ist, sich über die Menschen erheben zu wollen, denn das verkleinert meine eigene Gefühlswelt arg.

Ach, Sie sind es nur

Sind Sie klein und mickrig, eben nur ein kleiner Mensch mit geringen und geringsten Aussichten für die Zukunft? Ja? Die Kleinen und Kleinsten werden noch ihre großen Auftritte bekommen. Ich weiß das einfach.

Als *Dompteur der Zeiten*, wie ich mich gerne zu nennen beliebe und das genieße, lasse ich mir die Verkündigung dieser Veränderung nicht nehmen. Man wisse allgemein – jedenfalls der Leser oder Hörer dieser Zeilen, die ich der Gegenwart hiermit zur öffentlichen Lesung überlasse –, dass bei mir als dem Zeitgeist nicht mehr nur Meinung und Gefühl über das Was und Wie einer Verkündigung entscheiden, sondern mein tiefes Wissen. Der Dompteur weiß nicht alles, aber er weiß enorm viel, und all das geht in die Tiefe, es bleibt nichts oberflächlich. Darin liegt meine große Stärke! Die Menschen sind doch allzu schnell geworden, gehen über vieles im Leben hinweg, als wäre es nichts. Glauben dennoch, sie würden viel tun und viel erreichen. Und meinen nämlich auch, dass ihnen alles gehört: inklusive Natur. Und bald auch das ganze Universum. Was für Anmaßungen da im Spiel sind! Ich kann das kaum fassen …

Es wird eines Tages einen lauten Krach geben, MEINE AUFLEHNUNG, aber es braucht eben noch sehr viel Zeit, dass es dazu kommt. Niemand wird dies, davon muss ich ausgehen, vermeiden können, immerhin werden wahrscheinlich zahlreiche und mächtige gesellschaftliche Kräfte und Mächte danach streben, alles Kleine noch viel kleiner zu machen, damit meine gezielte Auflehnung gegen die schwachen Menschen und die von ihnen mit verursachten gesellschaftlichen Verhältnisse ein erfolgloser Versuch bleibt …

Säen und ernten

Was wir säen, das wollen wir auch ernten!

Es besteht immer eine Absicht, wenn gesät wird. Aus etwas Kleinem soll sich etwas Großes entwickeln, welches verwertet werden kann. Es ist dann wohl auch oft das Resultat einer Arbeitsleistung, die einen dieses Große in Händen halten lässt.

Das Säen bedeutet auch, dass etwas eingegeben wird, aus dem heraus ein Großes als Neues, will heißen: eine neue Frucht, entsteht. Geerntet wird im Anschluss, es ist dies das Ergebnis der Arbeit – diese sorgt auch für die Verbreitung einer Frucht.

Nun, denkend an *säen und ernten*, reflektieren wir über Möglichkeiten von Eingeben, Entnehmen und Verwerten im Rahmen von Arbeit – geht es doch darum, *säen und ernten* als ein Lebensprinzip auf alle möglichen Vorgänge, Entwicklungen und Prozesse der Gesellschaft anzuwenden.

Säen und ernten gibt es nämlich überall in der Natur und in der Gesellschaft. Es hat große historische Bedeutung für den Menschen!

Wir sind in der Welt

Wir sind Teil der Natur, wie sie uns umgibt, durchdringt und ausfüllt. Es besteht immer eine Kommunikation zwischen Mensch und Natur. Die Natur spricht, so finden wir, immer zu uns, ist sie doch – wir sehen es so – der Zugang zum Dasein des Menschen. Sicher, das Wirken eines höheren Wesens ist möglich …

Tag für Tag erfahren wir in der Lebenspraxis, was es bedeutet, ein Mensch zu sein. Wir werden geboren, sterben. Die Geburt gelingt gar nicht ohne das Zusammenwirken der beiden Geschlechter.

Und Leben: Jeder lebt in seinem eigenen Schneckenhaus – wir erfahren aber auch, was das Leben zusammen mit anderen Menschen ermöglichen kann. Wir können einander mit Wohlwollen gegenübertreten und sogar einander nützlich sein. Jedoch können wir uns auch in einem kritischen bis ablehnenden Gegeneinander oder in Feindseligkeiten aufreiben! Das Leben ist eines für den Einzelnen, aber auch für die vielen. Keinem gehört es allein, auch nicht einem bestimmten Teil einer Gesellschaft, … keiner Partei, welcher auch immer, … Kein Mensch darf das Eigentum eines anderen Menschen sein. Das Eigentum des Menschen am Tier ist sehr fragwürdig.

Wir wissen ja, dass die Zeit gewiss vergeht. Wissen noch nichts von einem endgültigen Ende der Zeit, wenn auch die Astronomie mit einigen Theorien dazu aufwartet! Als Menschen akzeptieren wir notwendigerweise, dass es Zeit gibt und jeder sie ertragen muss. Der Prozess des Alterns betrifft jedes Individuum. Er führt jedem Menschen die Unausweichlichkeit der Zeit und somit der Vergänglichkeit des Lebens drastisch vor Augen!

Vieles entwickelt sich, manchmal auch gegen uns, gegen unsere Interessen. Deshalb ist es einfach so: Menschliches Wirken wird auch als negativ bewertet, jedenfalls als nicht zufriedenstellend. Dies betrifft zum Beispiel den Hang des Menschen, zu zerstören, andere nur als Konkurrenten zu sehen und zu übervorteilen, die Menschen als Wichtigstes anzusehen und vieles mehr.

Leider wird sehr viel zunächst aus einer subjektiven Perspektive des Menschen wahrgenommen. Diese begrenzt jedoch die Wahrnehmung eines Menschen, ob er will oder nicht! Das gilt auch für die Klügsten von uns. Diese subjektive Perspektive müssen wir immer wieder überwinden, um in die Nähe des Erkennens von Wahrheiten zu gelangen, ja dann auch Wahrheiten tatsächlich zu erkennen. Das ist immer wieder ein Weg, der zu gehen ist. Möglichst jedermann sollte ihn gehen.

Die gute Ernte ist möglich.

Was wir gesät haben, das wollen wir auch ernten! Haben wir es geerntet? Vieles im Leben ist als problematisch anzusehen, nicht zuletzt das, was wir gerne als *Erfolg* bezeichnen, wozu eben auch Arbeitsergebnisse zu rechnen sind oder die Resultate einer viele Jahre währenden Erziehungsbemühung. Ist die Welt mit ihrer Ordnung, ihren auch ganz unterschiedlichen Ordnungen, wie sie sich uns darbietet, ein Erfolg?

Es hängt wohl davon ab, ob wir uns in ihr wohlfühlen, mit allem zufrieden sind, was uns begegnet und immer auch bewertet wird. Kurzum, die Bewertungsebene ist diesbezüglich die entscheidende Ebene, auf der wir uns bewegen. Jeder für sich. Jeder nach eigenen Kriterien. Das liegt an der am Individuum ausgerichteten Erziehung in der westlichen Welt und sicher auch daran, wie sehr wir von unseren Kriterien beziehungsweise Wertmaßstäben überzeugt sind.

Die Ernte des Lebens – unter Kriterien des wie auch immer gesehenen Erfolgs – ist daher kaum objektiv wahrnehmbar und bewertbar. Kein Mensch kann sich anmaßen, so objektiv zu sein, dass dies möglich wäre. Das gilt auch für Menschen der Wissenschaft oder der Religion, die professionell tätig sind – niemand hat die Wahrheit für sich gepachtet!

Philosophische, wissenschaftliche, religiöse und politische Wertmaßstäbe/Kriterien legen natürlich manches nah, um subjektiv für eine gewisse Klarheit zu sorgen. Aber Menschen unterliegen auch Täuschungen und Irrtümern. Verführbar ist jeder, der nach der leichten Erklärung für komplexe Sachverhalte sucht. Eine einfache Wahrheit kann es auf keinen Fall geben, zumal keine göttliche, die von einem höheren Wesen herkommt.

Manche *Ernteergebnisse* entsprechen außerdem kaum den Erwartungen derer, die stets das Gute wollen (jedenfalls glauben und meinen, es zu wollen, das heißt anzustreben). Wer will nicht das Gute erreichen!? Hier treibt die Subjektivität die menschliche Vernunft in eine Sackgasse, aus der es kein schnelles Entrinnen geben kann …

Tatsache ist, täglich begegnet uns ein aus dem Tagwerk des Menschen Entstandenes, erzeugt zahlreiche Sinneseindrücke, die intellektuell zu verarbeiten sind – mit welchen und durch die wir leben können. Wir können unser Urteilsvermögen an den Erfahrungen schulen, die in dem gesellschaftlichen Alltag gemacht werden. Bildung und Erziehung tun ein Übriges.

Zum „Feld der letzten Ernte“

Ich war wieder unterwegs, jedoch hatte ich dieses Mal einen ortskundigen Begleiter. Liebig lächelte mich an. Er begleitete mich seit Tagen. Wir hatten ein großes Ziel.

In seinem Tornister befanden sich ein paar Geografiebücher und Kartenwerk, natürlich auch die Nahrungsmittel, die wir brauchten. Vor allem aber brauchten wir Glück, um unser Ziel, das *Feld der letzten Ernte* wirklich zu erreichen. Liebig schwächelte schon etwas, mir aber war nichts zu viel: immer weiter! Philosophieren wollte ich nicht mehr. Jetzt galt es nur noch, praktisch zu leben.

Ich pilgerte zu diesem Feld, um einen ersten Erfolg einzufahren, gewissermaßen eine erste Ernte. Denn dieses Feld war – wie doch so viele Leute sagten – eine Idylle für alle, die für sich Zufriedenheit, Ruhe, Andacht und In-sich-gekehrt-sein erhofften. Alles andere als ein Geheimnis!

In mir war der Gedanke des erwünschten *praktischen Lebens* von meiner Freundin Josefine gesät worden. Sie hatte sich aber aus dem Staub gemacht. Ihr Vorschlag, dieses ganz besondere Feld zu besuchen, war von ihr geblieben.

Abends. Die Sonne neigte sich uns freundlich zu. Hie und da zeigten sich Menschen, die an uns vorüberstrebten. Es war für mich jetzt das Zusammen von Mensch und Natur gegenwärtig – Kreise schlossen, öffneten sich. Alles ging durcheinander, auch auseinander, aber eben auch ruhig ineinander über! Das Falls des Möglichen erfasste uns beim Anblick der Straße, auf der wir gingen. Der Zielort, dieses Feld, lag hinter einer Anhöhe, wie wir vermuteten.

„Werden wir bald da sein?“, fragte ich Liebig, der freundlich nickte.

Dann waren wir doch sehr überrascht: Der Asphalt durchschnitt brutal die Landschaft. Die Freude darüber, das Ziel in der Nähe zu wissen, wurde sehr geschmälert. Das sich uns bietende Bild fanden wir schrecklich.

„Die Straße ist ein Monster der technischen Unvernunft, sie wird uns nicht zum Zielort bringen ...!", meinte Liebig. Ich nickte, ganz einverstanden mit ihm. Liebig hielt mir einen kurzen Vortrag: Sie sei eine praktische Einrichtung für Bürger und den ganzen Straßenverkehr – ja, eine Forderung an alle Menschen! Ein Sinnbild des Vorwärts, eines zutiefst modernen Zielhaften. Das trug er vehement vor, zumal in dunklen Farben.

Wir mussten uns am Straßenrand niedersetzen, um auszuruhen, denn wir wurden von negativen Eindrücken durchdrungen! Minutenlang.

Völlig unerwartet leuchtete dann dieselbe Straße vor uns auf: Großes Erstaunen! Unruhe! Schossen hoch ... ich erblickte dann im Gesicht meines Begleiters das Gefühl der Freude. Was spielte sich vor unseren Augen ab?

Es dauerte leider nur wenige Sekunden – verschwunden das Leuchten, verschwunden auch die freudvollen Gefühle, die wir sofort gehabt hatten. Aber tatsächlich konnten wir stärker denn je hoffen, das *Feld zur letzten Ernte* zu erreichen! Die unmittelbare Erinnerung ans Aufleuchten dieser Straße beherrschte uns fortan, befeuerte den Gedanken an das erreichbare *Feld der letzten Ernte*!

Schnell und intensiv tauschten wir uns am Straßenrand aus – wir waren jetzt zufrieden mit allem, – auch mit der von uns voll empfundenen wirklichen Weltlichkeit, die uns erfasste, indem wir hier unterwegs waren – mit all unseren Sinnen!

Den schnöden Asphalt sahen wir in unserem Land als das an, was die Zivilisation ausmacht: ein Resultat menschlichen organisierten Planens und Wirkens. Auch und im Besonderen diese Ernte wurde eingefahren!

Wer wohl gesät hat, damit das, was wir wahrnehmen können und müssen, Wirklichkeit werden konnte!?

Jedenfalls ist – für mich! – die menschliche Zivilisation das Werk der Jahrtausende, in denen Menschen tätig waren. Ganz gleich, wie diese Zivilisation bewertet wird.

Liebig und ich wollten jedoch hier und heute einfach das *Feld der letzten Ernte* erreichen und dort ein paar Stunden verweilen. Es war ein einfacher Anspruch, den wir an uns stellten. Diesem mussten wir noch unbedingt genügen! Also brachen wir wieder auf, nahmen diese Asphaltstraße als das, was sie war, nämlich eben auch eine normale Straße ... nicht mehr, nicht weniger.

Warum, so fragten wir uns jetzt endlich, hieß es eigentlich *Feld der letzten Ernte*?

Was ist das ...?

Versuchsweise Prosaisches zum Gegensatz von Theorie und Praxis in der Liebe

Hin und wieder hat man sich Fragen zu stellen. Heute ist die Frage „Was ist denn das: Liebe?“ an der Reihe. Sie drängt so manchen Zeitgenossen.

Liebe? Sicher, jetzt erweist es sich an dem, was ins Geschehen eintritt. Konkret heißt es also, dass Versuche jeder Art nicht immer erwünscht sind. Das Scheitern kommt nur zu rasch, wenn einer von beiden nicht das Interesse an einer Fortsetzung der Handlungen zeigt.

Vermutlich haben beide – jetzt, in diesem Moment – tatsächlich das Zeug zu einer Fortsetzung. Wenn aber das nötige tiefe, leidenschaftliche Interesse fehlt, werden die Fantasien träge, die Wähne kurz, der Zauber flacht ab, die Liebe vergeht ...

Jedoch dergleichen ist noch gar nicht passiert. Sie leben vor der Bergszenerie. Und sie lieben es ja auch, dort ihr Zuhause zu haben. Aber was Liebe wirklich und tatsächlich ist, ist ihnen ziemlich schleierhaft.

Was gedacht werden kann, das wird auch gedacht. Der Ehrgeiz ist nicht unbeträchtlich. Die Verringerung der Anzahl der Erfüllungsabsichten – die Liebe betreffend – zeigt sich in diesem Fall als eine Notwendigkeit an. Unbedingt hat etwas zu geschehen, was die Verringerung zusätzlich forciert.

Darüber muss hier und jetzt gezielt nachgedacht werden!

Unvermeidlich scheint es zu sein, seichte, nichtssagende Gefühle einzudämmen, sofern es sie hie und da noch im alten Zustand gibt. Der alte Zustand ist kurz davor, völlig beseitigt zu werden. Die großen, tragenden Gefühle werden wohl kommen! Aber die seichte Gefühlswelt ist es, die ... ja die noch begeistern kann, obwohl sie von der Ratio her nicht begrüßt wird.

Die seichten Gefühle, sie nehmen noch gefangen. Sie lassen nicht los.

Martin sagt deshalb: „Ich brauche das nicht wirklich, das Warten auf das Große!"

Vanni aber: „Wir gehören zusammen, müssen Liebe auch theoretisch leben durch Reflektieren! Der Weg ist eben auch das Ziel!"

Martin schüttelt seinen Kopf. Das Laken ist weiß wie Schnee. Die scharfen Wörter schießen heute einmal nicht durch das gemeinsame Schlafzimmer.

Interessant. Aufgrund dieses Zusammenhangs, der problematisch ist, ist es alles andere als einfach wegzugehen, den anderen, diesen Partner, einfach zu verlassen. Das Nachdenken erfordert noch viel mehr Zeit. Die Analysen haben anspruchsvoll zu sein, denn deren Ergebnisse müssen tragen. Sie müssen von beiden ertragen werden!

Die Gedanken wären für länger nur noch bei der einen, bei dem einen, bei der einen *Sache*, bei dem Betrug, der hinter dem scheinbar Verfehlten gestanden haben müsse, so sagt man dann. Die Vermutungen nehmen kein Ende mehr.

Sinn hat, dies eine ist gewiss, nur mehr die direkte Tat, die keine Untat sein sollte, weil ansonsten jedes Vertrauen stirbt. Selbst bei der Auflösung muss es auch um die Einhaltung von Fairness gehen. Was ein Paar war, ist jetzt vorerst eine Zweckgemeinschaft, die den Sinn entlädt. Trauer. Verkorkstes Lieben. Verkommene Gefühle, die sinnsuchend durch die Meerengen des Menschlichen treiben.

In dieser Phase wird die Erledigung der Pflichten schwer. Wer viele Jahrzehnte auf dem Buckel hat, hat es noch schwerer. Jeder Tag ist ein Pesttag. Dennoch bleibt etwas erhalten, sie wissen noch nicht genau was. Viele Horizonte stürmen durcheinander. Eine ganze Reihe von Fakten werden angezweifelt, doch nichts wird geändert. Das, was entstanden ist, ist fort. Es war kein Geschenk, was zurückzugeben war. Die Normalität des lieblosen Gegeneinanders funktioniert wieder ganz prächtig. Ein Absturz folgt dem anderen. Enthüllungen finden statt. Sexuelle Übergriffe sind an der Tagesordnung. Fantasien werden nun hemmungslos ausgelebt. Es ist nichts wirklich. Der Tag, zumal ein Pesttag, dauert nur noch einen Tag lang. In seiner ganzen Länge ist er nicht nachvollziehbar, bleibt allein, sucht den Anschluss an den Lauf der Zeit, der ihm jedoch entschwindet, sobald er in den Lauf vorstößt.

Groß wie klein

In der Abenddämmerung
gehörst du zu mir,
sitzt auch auf dem hohen Bock
und wir steuern in der schmalen Schlucht
haarscharf am Abgrund vorbei.

Eine Freude, auf die Bremse getreten!
Dann tauschen wir uns aus, lachen;
meinen, wir können zur Einheit verschmelzen!
Was vergangen ist,
werden wir erhalten, aber neu gestalten: ich und du, wir …!

Ins Neue hin verändert,
damit schöner, besser. –
Vieles vom Alten zerstäubt sich im Äther,
wird zu nichts.
Dennoch gibt es Anekdoten und Geschichten.

Die berichteten Taten der Großen
weisen auf die Taten der Kleinen, die im Schatten
lebten, leben und weiterleben.
Zu beobachten ist ja wirklich alles, zu berichten eben auch.
Am Wichtigsten ist, dass jedes Leben gewertschätzt wird.

Wissen Sie … alles ist klein, nichts ist wahrhaft groß
und alles muss historisch bewertet werden

Jagdfieber

Sie jagen …
nach der Macht

Wer?

Einfluss auf alles und jeden

Wer?

und auch nach Geld und Gütern jeder Art

Wer?

zumal nach Zuneigung, Liebe, Ehre, Anerkennung und Sozialstatus

Wer?

MENSCHEN

Viele von ihnen sind JÄGER, die Objekte vor Augen haben, denen sie folgen müssen, um sie sich einzuverleiben. Es geht eben nicht nur um des Jägers Flinte. Sondern um das, was fern vor Augen liegt. Und Objekt der Sehnsucht, des Haben-Wollens, des Erreichen-Wollens ist. Menschen sind Jäger vom Ursprung ihres Seins her, die Biologie gibt es ihnen vor.

Aber warum „fiebern" sie?

Ich und Eyla, die Katze

Über Tiere zu schreiben fällt mir nicht unbedingt leicht, selten haben sie als Figuren in meine Texte Eingang gefunden. Die Katze ist allerdings als Haustier für mich mehr als nur interessant.

Ja, Katzen! Sind Katzen, jedenfalls Hauskatzen nicht *süß* – im Sinne von anschmiegsam, menschen-zugewandt-freundlich und anmutig, aber auch ein bisschen eigensinnig und einfach hübsch? Für mich schon, dies natürlich mit einer ganz persönlichen, emotional geprägten Wertschätzung. Und das rührt eben auch von meiner Zuneigung zu Lebewesen der Tierwelt her, besonders zu Haustieren, die aus dem Blickwinkel des menschlichen Beobachters die Schläue, die Eleganz und die Freiheit zu verkörpern scheinen – zu *scheinen* insofern, als solche auf die Tierwelt angewandten Begriffe das spezifisch Tierische nicht treffen können.

Allerdings gibt es Zeitgenossen, die die Katzen als Haustiere verabscheuen, was ich nicht verstehen kann. Ganz übel ist zudem, sie jagen sie, um sie zu töten. Sie treten sie, um sie aus ihrem Leben zu verbannen. Auch solche Menschen gibt es, ja! Kaum zu glauben ist das.

Der Liebhaber von Katzen (drückt das Wort *Liebhaber* die große Zuneigung zu diesem Tier gut genug aus?) muss sich zu ihnen eindeutig bekennen. Sie sind in unseren geografischen Breiten allüberall anzutreffen, gehören zu manchem Haushalt mit großer Selbstverständlichkeit dazu. Erwachsene wie Kinder freuen sich über sie, sind sie doch manchmal ihre besten Freunde.

Heute kann ich lebensgeschichtlich über eine Katze schreiben, die mir über Jahre sehr vertraut war. Sie hieß Eyla, benannt nach der steinzeitlichen Heldin eines Hollywood-Streifens.

Schon als ganz süßes Kätzchen wurde Eyla von meiner Schwester ins Haus gebracht. Schnell gewann auch ich Zuneigung zu ihr, weil ich an solch einem mir spontan sympathischen Wesen nach den ersten Eindrücken – klein und tapsig, flink und besonders hübsch – nur etwas Gutes erkennen konnte. Bei meiner Schwester nebenan hatte sie ihre Bleibe, von dort aus zog sie ins Grün der für kleine Tiere leicht zugänglichen Nachbarschaftsanwesen. Zu jeder Jahreszeit, gleich bei welcher Witterung, zog es sie in die Freiheit des Spielens, Streunens und Jagens, um immer wieder ins wohlige Heim zurückzukehren, wo sie sich sicher und geborgen fühlen konnte sowie regelmäßig Nahrung erhielt. Die Geborgenheit schenkten ihr diejenigen Menschen in ihrem Zuhause, die sie als Freunde erfuhr.

Bald stand sie mir mit ihrem ganzen Wesen einfach nah, der tägliche Umgang mit ihr ließ meine Zuneigung groß und größer werden, sodass sie zu mir gehörte wie eine gute Freundin, in deren Nähe man sich wohlfühlen kann. Zu der man als Mensch Vertrauen entwickelt und auf dieser Basis eine Kommunikation entwickelt und pflegt.

Bei Katzen ist es ja oft so, dass sie auf den, der ihnen sehr vertraut ist, offen zukommen. Sie wollen von ihm gestreichelt werden, sich ihm anschmiegen, für ihn da sein. Anscheinend im inneren Wissen darum, dass der vertraute Mensch genau dies mag.

Ich kannte sie lange Zeit. Während ihrer Erkundungsgänge in der Wohnung, auch in meiner, nahm sie es sich gerne heraus, auf Tisch und Bänke zu springen, dort kurz zu verweilen, um es sich schließlich auf dem Bett inmitten der bunten Kissen ganz bequem zu machen. Einmal kam es dazu, dass sie auf meinen Schreibtisch sprang. Ich ließ sie gewähren. Eigentlich hätte mich das stören müssen, aber sie gab hier und jetzt ein schönes Fotomotiv ab, sodass ich zum Fotoapparat griff.

Leider lebt sie seit Jahren nicht mehr.

Die bedeutende Falschnachricht

Sie kommt heute so logisch einher,
Es ist die Nachricht, die für uns plausibel ist ...!

Alle müssen sie hören und sehen!
Alle!

Wir verstehen ganz und gar,
dachten es uns schon immer ...
nie hätte es anders sein können ...!
Die anderen irren auf jeden Fall
und verstehen nichts!

Endlich besitzen wir sie, die einzig wahre Nachricht
schon vor den meisten.
Die Uhr läuft für uns,
wir sind die Rechten, die Richtigen, die Wahren
und diese Nachricht hebt uns endlich über die anderen hinweg …

Versteht sie endlich, Leute!
Sicher ist, die Schuldigen müssen an den Pranger!
Dort gehören sie hin. Sie haben zu büßen!
Wer nicht für uns ist, ist gegen uns ...
und wer sich uns nicht unterordnet, ist auch schuldig ...!

Diese Nachricht wird von uns bestens nachvollzogen …
– wissen gewiss, wir haben recht!
– wissen, dass ohne uns im Land nichts läuft!
– wissen auch, wir werden den richtigen Weg gehen!
– wissen, wo das Ende dieses Weges liegt!

Diese Nachricht bringt uns nach oben, denn viele Menschen werden sich uns noch anschließen.

Sie ist richtig, obwohl sie falsch ist ...
– richtig, weil wir sie für richtig halten
– richtig, denn wir stellen sie als richtig dar!
– richtig, schließlich können wir bestens lügen!
– richtig, für das Erreichen unserer Ziele tun wir alles!

Die Erfolgsgeschichte unserer Lügen in der Politik beweist,
dass nur Erfolg alle Anstrengungen und Mühen rechtfertigt.
Und jeder politische Erfolg ist ein Beweis für unsere Bedeutung.
Nehmt sie in euch auf, diese Nachricht!
Nur sie sollte weitergeleitet werden!
Zwar morden wir nicht,
aber lügen gezielt.

Sie fehlt mir sehr

„Fehlt sie dir?", fragt mich einer, der mich kaum kennt. Ich blicke auf, verstehe zunächst nicht. Was weiß dieser Mensch?

Frage erstaunt zurück: „Bitte?" Dann möchte ich aufstehen, sehe aber davon ab. Ich will meine kleine Gartenarbeit fortsetzen.

Er, nachsetzend – hartnäckig: „Ich meine ... deine Mutter ... fehlt sie dir?"

Wieder beuge ich mich über den Rasen. Er ist nämlich voll brauner Blätter, die dringend entfernt werden müssen. Ich rutsche auf den Knien in unserem altvertrauten, in den letzten Jahrzehnten immer so fröhlich beblümten, sehr gepflegten Vorgarten, mache was an diesem Rasen, der jetzt im Frühling sprießen muss.

Der Fremde lacht mich jetzt sogar an.

Zu mir: „Bin ich gerade pietätlos und unhöflich gewesen?"

Wiederum blicke ich auf, erscheine sicherlich nicht allzu freundlich. Meine Stimmung ist aber auch danach.

„... nun ja ..."

Er hat sich von mir abgewendet.

Mir fällt das Lachen, eben jede Fröhlichkeit, in den letzten Wochen schwer. Aber vielleicht hätte es in diesen letzten Wochen Gründe für Lächeln und Lachen geben können!? Zutreffend ist allenthalben, vereitelt wurde und wird jeder Grund durch Gedanken an einen Todesfall, wenn ich ganz bewusst irgendeinen Gedanken denke und besonders auch dann, sobald ich in Alltagserinnerungen schwimme. Denn schnell stoße ich dann vor eine innere, schier unüberwindbare Mauer!

Und jetzt lasse ich mich auf den Fremden ein, noch bevor er weggeht, spreche: „Sie sind ein bisschen pietätlos gewesen, ja, aber doch nur so ein klitzekleines bisschen. Man freut sich eher, wenn solch eine menschliche Anteilnahme kommt! Ehrlich! ... Als Antwort auf Ihre Frage: Sie fehlt mir wahnsinnig!"

„Tatsächlich?“, fragt er mitfühlend, als er näher zu mir gekommen ist. „Sie war ein netter Mensch!“

„Ja“, so meine ich überzeugt, „sie war ein außerordentlich netter und gutmütiger Mensch. Es gibt nicht viele Menschen dieser Art!“

„Aber ganz gewiss! Ich fand sie immer so über alle Maßen nett!“

Das Leben und die Arbeit in der Natur liebte sie. Die jetzt draußen vorherrschende Witterung wäre genau das, was ihr gut gefallen hätte. Wirklich! Sie war sehr gern im Garten, mochte überaus jede Art von Gartenarbeit. Darin lag eine ihrer größten Bestrebungen. Diese Arbeit galt ihr nicht als eine Pflicht, sondern als freudvolle Berufung, der sie immer wieder mit großem Interesse und mit Hingabe nachkam.

Wohl wäre ein Tod mitten in einem schönen Garten für sie … Aber leider verstarb sie in einem schäbigen deutschen Krankenhaus als, so sagt man heute, *Zweite-Klasse-Patientin*, die man nicht ernst genug nimmt, um die medizinische Bestversorgung zu garantieren.

Ein Liebesfraß

Philosophisch-praktisches Vorspiel

Ja, da ist doch wohl auch diese eher seltene Liebe zum anderen Geschlecht, die nicht das Miteinander braucht, sondern das Gegeneinander, welches sich – vielleicht nach Tagen, vielleicht nach vielen Jahren – in der Einverleibung des anderen Liebespartners erschöpft, worin auch immer sie genau besteht.

Alles, wirklich alles im Leben entwickelt sich nach seiner Entstehung und unterliegt Veränderungsprozessen. Es endet auch. Und aus einer erfüllenden Liebesbeziehung entwickelt sich eventuell ein Leben im Wahn, der aus Liebe Hass macht. Altes, Gutes lässt Neues, Schlechtes entstehen. Und dies unterliegt der subjektiven Bewertung des Einzelnen, der involviert ist oder nicht.

Es ist möglich, dass Einzelne sich mit der Liebe, in der Liebe und durch die Liebe verlieren, sie werden irre: Das Scheitern der Beziehung macht sie krank, sehr krank.

Hierbei handelt es sich eben nicht um Turbulenzen, die in einer Krise auszuhalten sind, sondern um solche der langsamen oder der schnelleren Zerstörung. Die Liebe ist letztlich verschwunden. Wahrlich, jetzt hat der eine nichts mehr vom anderen – den anderen gibt es ja sogar nicht mehr. Es geht um die Einverleibung des einen Menschen durch den anderen ...!

Persönliche Ansprache im Jetzt und Hier

Seien Sie gegrüßt. Mein Name ist Grisella, 40 Jahre alt, wohnhaft in … nun, ich weiß nicht mehr genau, wo! Jedenfalls habe ich eine kleine Wohnung, die ich auch bezahlen kann. Ich erzähle Ihnen jetzt etwas:

Bis zu der Nacht

In einer der nächsten Nächte wird es passieren! Johannes wird mich wiedersehen. Oh ja! Ich werde so frei sein, ihn mit meiner Gegenwart zu beglücken. Das habe ich mir schon immer gewünscht: die größte oder die kleinste zu sein … nein! Doch wohl die allergrößte! Diese eine wahre Dame will ich unbedingt sein, die sich einem der sehr Gefräßigen zeigt, um sich verspeisen zu lassen. Ich denke nur noch an Johannes!

Ich lebe die Liebe zu diesem ganz speziellen Mann, das ist eine Liebe, die ich unbedingt brauche. Erklären kann ich das nicht, weil ich dazu unfähig bin. Dieses Liebesgefühl bewirkt, dass ich leide. Ich leide an dieser Liebe – und nicht nur ich erleide dieses wichtigste aller Gefühle.

Aber ich muss bis zu dieser Nacht noch etwas warten. Das Leben besteht auch darin, selbst zur materiellen Lebenserhaltung beizutragen.

Diese Wartezeit, gefüllt mit Arbeit, muss ich ertragen, worin ich allerdings viel Erfahrung habe. Manchmal habe ich den Eindruck, dass ich sehr oft meine Zeit mit Arbeit ausfülle, einfach um nicht zu viel nachzudenken, vielleicht auch, um während des Arbeitens nicht an der Liebe zu leiden.

Sicher ist es in diesen Tagen erst einmal ganz gut, dass ich durch die Arbeit von Johannes abgelenkt werde. Denken und Fühlen richten sich während der Arbeitszeit auf das für diese Arbeit Wesentliche.

Fakt ist allenthalben, dass bis zur Nacht mit Johannes die Arbeit dazu dient, mein Leben zu erhalten.

Am heutigen stinknormalen Vormittag sitze ich in meinem Käfig, der Arbeitsplatz heißt. Ich verschwende hier nicht meine Zeit, denn ich brauche auf alle Fälle Geld, und dieses bekomme ich, indem ich der geregelten beruflichen Tätigkeit nachgehe – loyal und immer anwesend, wenn der Arbeitgeber mich gerufen hat. Ich arbeite wann und wie er es will, gelte als zuverlässig und kompetent. Klar, ich bin auch von ihm abhängig. Doch wer ist das nicht? Meine Krankschreibungen sind zahlenmäßig im Vergleich zu denen der Kolleginnen und Kollegen gering. Manchmal glaube ich, dass ich unverwüstlich bin. Meine Liebe zu Jo, wie ich Johannes gern nenne, ist es sicherlich!

Während der Arbeitsstunden werde ich von der hohen Temperatur gepeinigt – die Klimaanlage im Büro versagt wieder einmal. Schweiß perlt an meiner Stirn herunter. In meinen Achselhöhlen bilden sich gerade kleine Seen. Von überall her lärmt es. Es wird viel geredet. Großraumbüros sind einfach schrecklich. Am liebsten würde ich alles ablegen und aus dem Fenster springen, unten ein Pool. Was für eine Fantasie!

Ich sollte jetzt nach erotischen Gedanken an Jo suchen, um mich wieder etwas besser zu fühlen. Jos Gestalt steht mir gerade vor Augen. Ja! Es ist mir in diesem Moment eine erotische Gedankenakrobatik gelungen, aber ach, Kollege Nüser blinzelt mich gerade jetzt im Vorübergehen an, – in seinem Cockpit dürfte es sich gerade stauen. Er ist einer von den Langsamen, die mehr für die Kolleginnen übrighaben als für die Arbeit.

Ich lächele mich durch die Arbeitsstunden, so gut es geht.

Anstrengende Telefongespräche mit Kunden sind, worüber ich froh bin, eher selten. Die Kunden pöbeln kaum! Und ich glaube es gerade nicht – ein paar Sekunden lang hat die Arbeit sogar Freude gemacht. Aber, so meine ich, auf die Freiheit vom Stress werde ich vergeblich hoffen. Die Wahl, im Backoffice zu arbeiten, war auf jeden Fall richtig. An der *Front*, wo sich die Kunden tummeln, hätte ich für mein Gefühl zu häufig negative Kontakte, die mich zum Ausrasten bringen könnten. Die Arbeit ist und bleibt eine Last!

Ganz anders mit der Liebe: Sie soll mich befreien von dem, was im Leben negativ ist! Wenigstens für ein paar Stunden in der Woche, meine ich! Ich bin durchaus bescheiden. Ist es viel, was ich für meine Befreiung benötige – zu meinem Glück, zu diesem Leidensglück an einem Mann?

In der einen Nacht

Nein, es ist nicht viel. Das ist eben Jo, dieses Monster von Mann, dem ich zur Verfügung stehe. Ich bin, was dies angeht, ganz ich selbst ...

Durch ihn erfahre ich eine Entwicklungsstufe meiner Persönlichkeit, die darin besteht, dass ich nur für ihn da bin – er mich ruft und ich komme. Selbstverständlich. Das ist ohne Alternative.

Er lässt mich meistens durch seinen Butler Harry, der im Maserati anfährt, später am Abend abholen, was mir so gar nicht gefällt. Unauffällig soll alles sein, unauffällig!

Es ist jetzt gegen 22 Uhr. In Schale habe ich mich geworfen – voller Vorfreude warte ich auf Harry. Nachdem es geklingelt hat, beeile ich mich und strebe dann vor dem Haus direkt dem Auto zu, neben dem mich Harry grinsend begrüßt. Schnell fahren wir zu Jo, der mich am Rande des schmutzigen Tümpels erwartet – im Hintergrund die hoch ragenden Wipfel von Bäumen, die für die Abholzung vorgesehen sind. Blinkende Schornsteine der Großstadt und leuchtende Hochhausspitzen sind für mich die nächsten Blickfänger. Von meinem Jo höre ich bloß, dass er froh ist, mich wiederzusehen. Sobald ich ihn in ganzer Gestalt vor mir sehe, spüre ich, dass alles Neue, was möglich ist, gegen mich anstürmt. Er verkörpert das, was ich brauche. Alles alte Normale, von mir Verabscheute, ist in diesem Augenblick fort. Der Alltag ist verschwunden. Dieser Jo ist der Mann mit den monströsen Möglichkeiten, die ihresgleichen suchen. Einzigartig. Er ist mit einer Arroganz gesegnet, die die Welt noch nicht gesehen hat. Sie ist unverschleiert. Er zeigt sie mir immer wieder, auch in diesem Moment, ganz direkt.

Die Männlichkeit Jos zieht mich magisch an, ich gehöre .... ich gehöre ihm! In seiner Primitivität wirkt er auf mich, wie nur für mich geboren – aus der Hölle hochgeschossen, aus dem einen großen und rätselhaften Entstehungsort all dessen, was wir das Böse nennen wollen. Primitiv und böse heißt für mich auch, in ihm lebt das Ursprüngliche der Natur perfekt.

Für mich ist er der Richtige. Er stellt keine Fragen. Und irgendwelche hintergründigen Reflexionen unterbleiben ganz sicher. Nichts muss verklärt, geklärt und erklärt werden.

Schon, so denke ich – vielleicht auch irrtümlicherweise – habe ich eine Beziehung. Sie ist für mich in ihrer Ursprünglichkeit abgründig schlecht, sodass ich die absolute Liebe empfinden kann! Dies verwirrt sicher manchen, der mich kennt, doch ich muss so reden. Ich muss!

Meine Gefühle lasse ich triumphieren. Alle meine Gedanken lassen sich von ihnen leiten.

Am Tümpel, ohne dass ich noch Getier wahrnehme, ergebe ich mich seiner Ursprünglichkeit. Gefühlsströme reißen mich hinunter in seinen Schlund ...

Er wird mich ganz auffressen! Denn ich will nicht mehr sein, nichts mehr ertragen müssen ... Er muss es tun!

Den Gefühlsströmen ausgeliefert, lasse ich einfach alles aus mir heraus. Ich verliere mich in Johannes ... Verliere mich in ihn, in welchem das absolut Schlechte wohnt. Genieße sehr das für mich eben wahrhaftig Neue, mit dem ich eins werde.

Nur noch Natur! Wir sind eins mit uns und dieser Natur, die uns umgibt und durchdringt. All-Eins! All-Natur!

Wirklich alles füllt uns nämlich so weit, so intensiv aus und schwappt dann über, sodass die große, brutale Leere in uns im Entstehen ist. In der Folge ist sie ein Zerstörer.

Eine Geschichte der Hörigkeit

Das ist ja eben diese Liebe zu Jo, diesem Monster von Mann, dem ich zur Verfügung stehe. Durch ihn erfahre ich ständig eine Entwicklung meiner Persönlichkeit, die darin besteht, dass er mich ruft und ich komme. Er lässt mich manchmal durch seinen Butler Harry, der im Maserati anfährt, später am Abend abholen, was mir so gar nicht gefällt. Unauffällig soll alles sein, unauffällig!

Heute! Ich habe mich in Schale geworfen. Wir fahren zu Jo. Dieser empfängt mich im Halbdunkel am Rande des schmutzigen Tümpels, im Hintergrund die hohen Wipfel von Bäumen, die für die Abholzung vorgesehen sind. Blinkende Schornsteine der Großstadt und leuchtende Hochhausspitzen sind für mich weitere flüchtige Ablenkungen.

Mein Jo lässt mich sofort himmelhochjauchzen – das Alte ist fort, das Neue blickt mich in seiner umwerfenden Gestalt an!

Es steht mir ein Mann gegenüber, ein mir klar überlegenes Geschöpf, welches seine Arroganz nicht verschleiert oder versteckt, sondern ganz unmittelbar zeigt. Jos Männlichkeit bannt mich, ich gehöre …. ich gehöre ihm. Die Primitivität seiner Lebensäußerungen kann mich immer und immer wieder davon überzeugen, dass er der Richtige ist. Keine Fragen mehr. Keine hintergründigen Reflexionen über irgendetwas, was zu klären wäre!

Oh, schön! Oh, schlecht!

Sogar schon in meinem Alter, denke ich nun, habe ich eine wahre Beziehung zu einem Mann! Sie ist ursprünglich und dermaßen schlecht, abgründig schlecht, dass ich die absolute Liebe empfinden kann. Ist das so!?

Am Tümpel ergeben wir uns dem Ursprünglichen – Gefühlsströme reißen mich mit. Sind sie echt!? Jo weiß, dass er mich voll und ganz in sich aufnehmen kann. Er wird es wohl auch tun.

Ich will mich verlieren.

Will ich das wirklich …!?

Die Doppelgänger-Erzählung

Immer wieder drohte ich unter meinen Problemen begraben zu werden, suchte deshalb nach den wenigen Lösungen, die im Bereich des Möglichen lagen. Fast jeder Tag war stressig: Der Kampf um die Zensuren! Das Leistungsdenken dominierte die Gedanken- und Gefühlswelt – nicht nur meine. Ich besuchte die gymnasiale Oberstufe. Nicht selten gab es größere Herausforderungen, auch positive …

In solchen Schuljahren wurde – zumindest herrschte allgemein diese Ansicht vor – der zukünftige Lebensweg vorentschieden.

Vormittags hielt ich mich auf dem Schulhof auf, der gerade ziemlich leer war. Zügig musste ich in den anderen Kursraum gelangen, was mit einem kurzen Fußweg von Gebäude zu Gebäude verbunden war. Ich ging. Gleichzeitig durchmaß ich zwei, drei Gedankengänge, was nicht hieß, dass ich ohne Aufmerksamkeit für mein momentanes Umfeld war. Eine Schulkameradin erwiderte einen meiner freundlichen Blicke, doch gedanklich wurde ich schnell auf mich selbst zurückgeworfen.

Aber dann, plötzlich, schaute ich ahnungslos auf diesen Bürgersteig: Wer lief dort allein? Ich! Das Staunen war groß, es war eine unglaubliche Erfahrung! Natürlich konnte ich es nicht lassen, diese Person links von mir in einigen Metern Entfernung mehrmals hintereinander anzuschauen und auch zu winken. Sie reagierte darauf nicht, was mich auch erstaunte.

Oder gab es ein Aufschauen? Ehrlich gesagt, daran erinnere ich mich nicht ganz genau. Von dieser seltsamen Begegnung berichtete ich in der nächsten Pause einem Kameraden, der sich mit Psychologie auskannte. Dieser meinte, es würde sich darum handeln, dass ich mich selbst halluzinierte. Die schnelle Erklärung nahm ich beruhigt zur Kenntnis, wollte ich doch keinen echten Doppelgänger in meiner Nähe vermuten müssen.

Viele Jahre später saß ich in einer Behörde, um etwas zu regeln. Es handelte sich um eine unwichtige Kleinigkeit. Ich erfuhr vom Behördenleiter beiläufig, dass ich einem anderen Menschen ganz ähnlich sähe, der auch in der Stadt ansässig und recht bekannt sei.

„Interessant!“, sprach ich nur. Meines seltsamen Erlebnisses in der Schulzeit entsann ich mich nicht sofort. Holte die Erinnerung daran einige Tage danach wieder hoch: War dies wieder der eine Doppelgänger? Dieser Mensch, der mir wie mein exaktes Ebenbild vorkam? Wieder in derselben Stadt, in der ich mein ganzes Leben lang lebte? Dergleichen erlebt ein Mensch selten. Das Thema bewegte mich ein paar Stunden lang. Ich verzichtete allerdings darauf, mich intensiv mit dieser Sache zu befassen.

In einem kleinen Apartment, auf einer Couch. Beim Kaffee.

Ralf erzählte mir davon, dass er mit einem mir sehr ähnlichen Menschen bekannt wurde. Dieser sei mir nicht nur von der Gestalt, sondern auch von Mimik und Gebaren her, zumal charakterlich enorm ähnlich. Er habe sich mit ihm angefreundet und einige Stunden verbracht.

„Ihr habt eine vergleichbare geistige Ausrichtung!“, sagte jetzt Ralf und lächelte mich an. Ich begann mich zu ärgern: Etwa schon wieder …?! Ralfs Bericht hatte für mich großes Gewicht, war keine Unterhaltungsgeschichte. Ihm gegenüber erwähnte ich daraufhin des Behördenleiters Geschichte. Die Bezüge zu allem Vorherigen stellte ich rasch her, realisierte aber eben auch, dass ich diesem Doppelgänger nie persönlich gegenübergetreten war oder gar mit ihm näher bekannt wurde.

Während meiner Alltagsgeschäfte in all den Jahren kam es mir außerdem manchmal so vor, als würde man mich mit einem anderen verwechseln. Das erinnerte ich jetzt zusätzlich.

„Willst du der Sache richtig nachgehen?“, fragte mich Ralf, der ziemlich amüsiert war. Er richtete sich von der Couch auf und blickte mich frontal an.

Ich lehnte mich weit zurück und atmete durch. Derartige Doppelgänger-Erfahrungen fand ich insgesamt zwar erstaunlich, sah sie aber auch kritisch, denn welcher Mensch möchte nicht als einzigartig in der Menschenwelt gelten? Ich hatte ja ein großes Ego. Doppelt wollte ich möglichst nicht existieren – in keinster Art, Weise oder Form!

Sehr nachdenklich wurde ich – ein paar bemerkenswerte Berichte von Amtskollegen, die hinter vorgehaltener Hand weitergegeben wurden, schossen in meiner Erinnerung hoch!

Sagte schließlich: „Ich denke, dass es sich hier um eine geheime Doppelung handelt, die die Abteilung K des Staatsschutzes durchgeführt haben könnte, um manche Bürger im Rahmen eines lebenslangen wissenschaftlichen Tests zu beobachten und zu analysieren ...?!"

„Jedenfalls hat dir mein anderer Freund wie ein Zwilling ähnlich gesehen ...!", meinte Ralf. Er steckte sich genüsslich eine Zigarette zwischen die Lippen und lächelte.

„Ja, weißt du, bislang bin ich nachlässig mit Doppelgänger-Erfahrungen umgegangen, die mich selbst betrafen. Das muss sich unbedingt ändern!"

„Finde ich gut!"

Ich weiter: „Hmm ..., es könnte nämlich sein, dass mehrere Maschinenmenschen, die mit mir identisch sind, in der Stadt rumlaufen – inoffiziell hergestellt, um nicht zu sagen ... geheim. Der Maschinenmensch wird nicht informiert, dass er eine Maschine ist. Und der Gedoppelte wird ebenfalls ganz im Dunklen gelassen, das ist klar. Absolute Geheimsache für alle, nur nicht für den Staatsschutz!" Ich war mir der Sache inzwischen gewiss. So musste es sich abspielen.

„Ja, ja ... all diese geheimen wissenschaftlichen Forschungen von Ämtern im Sicherheitsbereich!", fügte Ralf erheitert schnell hinzu. Er fand meine Äußerungen offensichtlich sehr wichtig. Seine Nasenflügel bebten schon leicht, etwas Schweiß perlte auf seiner Stirn. Meinte dann noch: „Ich habe davon gehört, dass die Behörden Schindluder mit der Existenz des Menschen und mit der Individualität treiben. Sie denken nur an die Vorteile, die sich aus Doppelungen ergeben können!" Aus der noch einigermaßen gelassenen Heiterkeit wurde jetzt Empörung.

„Die müssen aufpassen, dass sie nicht alle moralischen und ethischen Grundsätze verbrennen mit ihren Aktivitäten!" Ich fand, dass er recht hatte.

Er marschierte dann im Zimmer hin- und her. Ich folgte ihm mit meinem Blick – dieser Freund war mir am wichtigsten in diesen Monaten, sein ethischer Impetus bewegte mich zunehmend. Sehr gern war ich mit ihm zusammen. Die Gespräche mit ihm stärkten mich, denn er dachte und handelte fast genauso wie ich! Schon mit seinem hoch aufragenden, vergeistigten Äußeren schien er – jetzt immer noch vor mir im Zimmer schreitend – ein ehrlicher und kristallklarer Antwortgeber auf kleine Hinterzimmermauscheleien von politischen Machern und geheimen Diensten zu sein. Als Bürger bekam man von ihnen nicht oft etwas mit.

Für mich sollte es an der Zeit sein, Moral deutlich über alle Politik zu stellen – und auch über die diversen Vorteile durch geheime Operationen. Das ging mir in diesem Augenblick auf.

„Weißt du, die müssen auch aufpassen, dass sie aus dem Menschenschicksal keine Farce machen …!“

Wir setzten uns vor das Fernsehgerät im Zimmer, ein *altes Hündchen*, und dann merkten wir, dass durch ein Rauschen im Gerät eine fremde, seltsame Stimme zu uns zu sprechen begonnen hatte …

Die Lücke für die Lüge

Die Ungewissheit über die Dinge im Leben
mit den bohrenden Fragen
„Gibt es sie, die Dinge? Ist es denn so oder doch anders?"
ist tatsächlich gegeben.

Schon aufgrund der Intelligenz des Menschen
herrschen Skepsis und Zweifel vor:
Also ist einfach wahr, es gibt weder die absolute Gewissheit
noch die absolute Wahrheit!

Was ist angesichts dessen mit der Wahrnehmungsfähigkeit,
die der Einzelne hat?!
Anscheinend bewegt er sich stets auf unsicherem Terrain –
dabei offen für alles Falsche und Imperfekte.

Es braust in ihn hinein –
durch eine **Lücke für Lüge und Täuschung.**
Denn es lässt sich ja alles für wahr und richtig halten.
Gar nichts kann als sicher gelten …!

Und wenn die Überprüfbarkeit fehlt,
dann kommt es darauf an,
dass der Sender genau die Menschen erreicht,
die eben auch für Dummheiten und Falschheiten empfänglich sind.

Es muss im Rahmen des subjektiven Verständnishorizonts
plausibel wirken.

Viele wollen nur die Bestätigung ihrer Ressentiments und Vorurteile!

Lebensherbstlich

Es ist ja etwas ganz Normales und Natürliches. Aber es stört – nicht nur Margo: das Alter. Seit zwei Jahren ist sie in Pension, hat viel Zeit zum Nachdenken. Viele Tage verbringt sie damit, ihre eigenen Jugendzeiten zu glorifizieren. Sie kommt aus gutem Haus. Als Lehrerin hatte sie ein recht erfülltes Berufsleben.

Margo und Benno. „Früher war alles besser, jedenfalls bei mir!“, sprach sie kürzlich und sah richtig wütend aus. Sie tranken gegen 16 Uhr Bohnenkaffee. Die Jalousien im Wohnzimmer waren nicht runtergezogen. Benno schüttelte nach ihrer Äußerung zunächst nur den Kopf. Margos Liebster ist engagiert im Skat Club. Langeweile kennt er nicht! Manchmal fürchtet er, dass Margo in Selbstmitleid ertrinken könnte.

„Margo … Margo … Margo …, das ist doch gar nicht schlimm, wie es heute ist!“, kam es dann von Benno. Das Licht der Designer-Stehlampe erfasste ihn. Seine Freundin kommentierte letzteren Satz mit einem Kopfschütteln. Als er es bemerkt hatte, blickte er mit Bedauern aus dem Wohnzimmerfenster.

Sie denkt sehr viel, zu viel nach! Das wirft ihr Benno manchmal vor, aber an diesem eigentlich recht beschaulichen Nachmittag enthält er sich gezielt des Vorwurfs.

Aber ach, Margos Haare sind so stark ergraut! Seit zwei Jahrzehnten beobachtet sie, dass ihre schönen, langen Haare immer grauer werden – ein Vorgang, der sie deprimiert. Aus *Blondie* wurde *Die Graue*! Es gehe, wie sie gegenüber Freunden und Bekannten meinte, immer weiter abwärts mit ihr. Meinte auch: „Das ist nicht zu stoppen!“ Die natürliche Alterung scheint für Margo ein einziges Grauen zu sein!

Und zum Thema Alterungsprozess formulierte sie gegenüber Benno an besagtem Nachmittag: „Ein ganz langer, schrecklicher Herbst, der im Tod enden wird. Ich hasse es!“ Im Fernseher lief nämlich gerade eine Sendung, die als Thema *Immer jung bleiben!* hatte.

„Wir wollen doch, dass wir in Würde altern! Ich brauche in meinem Leben keine Wiederholung meiner Jugend, die hat ihren Platz gehabt!“

meint daraufhin Freund Benno ruhig und gelassen, während Margo, rot angelaufen im Gesicht, explodieren könnte. Ihre Wutausbrüche fürchteten schon ihre Schüler in der Friedrich-Wilhelm-Schule. Laut rief sie aus: „Ich will einfach nicht, dass mich der Tod ereilt! Und jedes graue Haar beweist mir, dass es bald soweit sein wird. Von Krankheiten will ich wirklich nichts wissen!“ Dann verschüttete sie Kaffee. Von nebenan waren wieder die Ordnungsrufe der Nachbarin Frau Müller-Maier zu hören. Sie schlug zudem mit ihren Fäusten gegen die Wand.

„Du solltest wieder einmal einen Gesundheitscheck machen!“, riet ihr spontan und sehr freundlich, gelassen und ohne jeden Unterton der Ermahnung ihr Freund Benno.

„Ich gehe ungern zum Arzt! Sehr ungern! ... Die können mich mal alle!“

„Du lehnst immer mehr Menschen ab. Sogar die, die dir einfach nur helfen wollen!“

„Das ist doch – wie alle sagen – einfach nur mein Lebensherbst!“, entgegnete Margo ironisch, blickte Benno tief in die Augen. Dann: breites Grinsen in ihrem Gesicht. Bennos Augenlider zuckten beim Anblick desselben heftig. Alsbald richtete sie sich auf und strebte in die Küche, in welcher eine bunt designte Buttercremetorte auf sie wartete. Während sie flott die Torte ins Wohnzimmer brachte, trällerte sie scheinbar fröhlich ein Liedchen aus ihrer Kindheit, was Benno dazu veranlasste, von seinem Stuhl aufzuspringen, weil er befürchtete, dass die Torte in seinem Gesicht landen würde!

Die Psyche Margos ist einfach nicht danach, den Herbst des Lebens für gut oder sehr gut oder gar für *genießbar* zu halten. Nicht für normal! Nicht für natürlich! Und dann ist da ja noch das, was nach dem Herbst kommt! Margo erträgt ihr Leben nur noch. Und dies muss ihre Umgebung Tag für Tag ertragen!

Theodor Fontane: Romancier im höheren Lebensalter

Kreativ sein und Dinge tun, die Freude machen, das steckt in jedem Menschen. Natürlich gab und gibt es auch Menschen, die darin besondere Erfolge nachzuweisen haben, auch in der Schriftstellerei.

Wir erinnern uns gern an den Berliner Theodor Fontane, der als bedeutende Persönlichkeit des Literaturbetriebs im ausgehenden 19. Jahrhundert gilt und bis heute berühmt ist.

Fontanes Erfolg kam nicht über Nacht. Er wuchs über Jahrzehnte. Und am erfolgreichsten war er tatsächlich als Verfasser von Romanen wie *Vor dem Sturm* oder *Stechlin*, die zuerst in Zeitschriften erschienen, womit der Schriftsteller der damaligen Zeit gutes Geld verdienen konnte. Im Deutschland des Wilhelminischen Zeitalters überzeugte Fontane zwischen 1878 und 1898 mit Romanen zahlreiche Leser, die auf diesem Weg viel über den Alltag des preußischen Adels und Bürgertums erfuhren. Und so ist das bis zum heutigen Tag.

Vor seiner Karriere als Romancier, die er erst im Alter von 59 begann, war der im Jahr 1819 als Henri Théodore Fontane geborene hugenottische Apothekersohn aus Neuruppin nach Berlin gezogen, um Apothekergehilfe zu werden. Aber nach ersten dichterischen Versuchen wurde er als Journalist, Theaterkritiker und Korrespondent (auch in England!) tätig. Durch ein Leben reich an verschiedensten Erfahrungen – so stand er im Jahr 1848 in Berlin sogar auf den Barrikaden gegen den König – wusste Fontane mit seinen schriftstellerischen Werken, besonders den Romanen, der Gesellschaft der damaligen Zeit einen Spiegel vorzuhalten. Darin liegt Fontanes besondere Bedeutung. Gerade seine Romane sind auch gut verständlich geschrieben. Die Leser können sich mit den Hauptfiguren identifizieren.

Nicht viele Schriftsteller begeistern damals wie heute die Leserschaft wie Fontane, dessen französische Abstammung seinem Ruhm ganz und gar nicht abträglich war. Sein gesamtes Werk ist sehr anerkannt und bedeutend, somit wichtiger Teil der deutschen Literaturgeschichte. Sowohl

Leserschaft als auch Wissenschaft schätzen ihn, wenngleich Fontane hin und wieder als bloßer Geschichtenerzähler und Beschreiber des Alltags missverstanden wird.

Theodor Fontane starb in Berlin am 20. September 1898 im Alter von 79 Jahren nach Abschluss seines letzten Romans *Stechlin*. Dieser Schriftsteller wird der deutschen Kultur sicher für immer erhalten bleiben.

Heinrich Heine: Eine Würdigung

ERSTENS

Wen auch immer es noch an Dichtern, Literaten, Autoren, Schriftstellern in Deutschland geben sollte, einen Heinrich Heine wird man nicht so schnell vergessen.

Ob man hingegen mich, der ich noch gar nicht als bedeutender Dichter erinnerbar sein kann, jemals so gut im Kollektivbewusstsein von Lesern und Publikum behalten wird, ist äußerst fraglich. Heute stört mich das aber nicht fundamental.

Von jeher interessieren mich die alten Erfolgreichen unter den schriftstellerisch Tätigen, oft schon Verstorbene der Weltliteratur. Sie gab es im deutschen Sprachraum zuhauf. Doch auch viele andere interessieren mich, so mancher konnte mich für sich und seine Werke interessieren. Niemals habe ich die alten Erfolgreichen beneidet. Immer habe ich sie bewundert. Immerhin fand ich früh, schon als Kind, zur Kultur.

Schon immer haben sie mich, die alten Erfolgreichen, auch und gerade *angezogen*, doch eine gewisse Magie, wenn ich sie denn einmal subjektiv empfand, ging nur von ganz wenigen aus. Vielleicht bestand diese Magie sowieso nur aus dem Wissen um den literarischen, literaturhistorischen, kulturellen und materiellen Erfolg dieser Personen?

Womöglich war ich eben doch ein wenig neidisch. Oder aber ich wollte ihnen frühzeitig nacheifern. Letzteres trifft auf jeden Fall zu.

Das Erfolgsdenken prägte die Erziehung und das Lernen in meiner Jugend, was ganz typisch für die zweite Hälfte des 20. Jahrhunderts in Europa und Nordamerika ist. Wie hätte ich nicht für irgendwas oder irgendwen unter den Erfolgreichen, also warum nicht für Schriftsteller, hohe positive Empfindungen haben sollen? Es musste so kommen. Das war allemal besser, als ausschließlich für Stars aus Sport und Musik, Show und Theater zu schwärmen.

Jegliche Schwärmerei ist nicht zu empfehlen, da sie der kritischen Distanz entbehrt, die man doch, so meine ich, haben sollte.

Die große Faszination für den einen oder anderen dieser Literaturschaffenden, damit eine langfristige, wenn nicht lebenslange intellektuelle Bindung, blieb ganz klar aus.

Es handelte sich maximal um zeitweiliges großes Interesse, ja eine gewisse Verehrung, die keineswegs blind war. Manchmal bedauere ich dies. Im Grunde kann aber gerade das nur von Vorteil sein: eine intellektuelle Abhängigkeit. (Definition: ständiger Austausch der eigenen mit den Gedanken der Schriftsteller, deren Werke man leidenschaftlich, sehr häufig konsumiert und studiert – Fan-Begeisterung ... deren Gedanken, sprich Anschauungen, Ansichten und Wertungen man aber eben mehr oder weniger unkritisch übernimmt) gibt (und gab) es weder zu Kafka noch zu Sartre, die ich in meiner Jugend neben Max Frisch, Friedrich Dürrenmatt und anderen am meisten mochte.

Natürlich ist wichtig, dass ich diese Verehrung empfand und teilweise noch empfinde. Das ist eine dauerhaft währende Verehrung, die ich heute noch als Schriftsteller und als kritischer Leser habe. Letzterer bin ich schließlich so wie viele andere Menschen auch.

ZWEITENS

Heinrich Heine ist mir seit frühester Jugend als schriftstellerisch Tätiger wohl bekannt, wenn auch nicht gut vertraut, da ich ihn als Kind nur im Rahmen des Schulischen kennengelernt, späterhin als älterer Schüler dann doch auch nicht engagiert gelesen, aber doch geschätzt habe. Das hat sich dann immer weiter *gebessert*. Allerdings betrachte ich mich selbst nicht als Spezialisten in Sachen Heinrich Heine, denn das wäre wahrhaftig anmaßend.

Zu Lebzeiten war er sehr bekannt, um nicht zu sagen berühmt in Deutschland und Frankreich, erfreute seine Verleger mit hohen Umsatzzahlen von verkauften Buchexemplaren. Er war – damals war das bei einem Bestsellerautor noch möglich – politisch unbequem, ein Feind der Monarchie und des Spießertums. Er ist einer der erfolgreichsten Dichter deutscher Zunge des 19. Jahrhunderts, und damit auch noch in heutigen Tagen!

Bis heute, zum Beginn des 21. Jahrhunderts, haben seine literarischen Werke überlebt. Er hat literarische (literaturwissenschaftliche) Geltung in Deutschland und über Deutschland hinaus. Man kennt seinen Namen und einige seiner Werke sogar in der Bevölkerung, womit er eine

Seltenheit darstellt, denn die Erzeuger von literarisch hochwertigen Texten sind nicht mit Selbstverständlichkeit *überall und bei jedermann* bekannt. Keine Frage: Heinrich Heine ist einer der Dichter Deutschlands und Frankreichs (er lebte dort lange im Exil), dessen Werke in der Bevölkerung lange nach seinem Tode nachgewirkt haben.

Auch durch meine Psyche spukt er immer wieder, hat seinen festen Platz, um nicht zu sagen *hohen Rang* innerhalb dessen, was ich für die Literatur der Welt halte.

DRITTENS

Ich habe am letzten Mittwoch (nachmittags – heute ist der darauf folgende Samstag) das Heinrich-Heine-Museum in Düsseldorf am Rhein besucht, in der Bilker Straße (Altstadt) gelegen. Nicht sofort fand ich es. Meine Orientierung war mäßig, mangelhafte Ausschilderung in den Straßen und Fußgängerzonen der City kamen hinzu, zumal ich ja zuvor die ganze City vom Hauptbahnhof durchmessen musste (der Straßenbahn war ich vorher wieder entstiegen). Ich nahm es leicht, da ich mir des Erreichens dieses Museums absolut gewiss war. Wie hätte ich es nicht finden können in einer City, die ich doch von früheren Besuchen her zwar nicht aus dem Effeff kenne, aber doch noch des Denkens fähig bin? Und man kann stets Leute nach dem Weg fragen.

Bald war ich, einfach so, am Rheinufer nahe dem Filmmuseum, in dem ich mit einem Verwandten schon einmal gewesen war. Dort schoss ich Fotos. Ich gelangte danach zum Düsseldorfer Marktplatz mit seinem Rathaus, in dem ich nach dem Weg zum Heinrich-Heine-Institut (Museum ist im gleichen Gebäude) fragte. Ich bekam Auskunft von einer Dame am Empfang, die mich aber an einen behinderten Beamten verwies, welcher einen Stadtplan entfaltete – wir suchten zusammen das Institut. Erstaunlich, dass man mir nicht sogleich und mit Leichtigkeit Auskunft geben konnte.

Ich als Solinger, der nur ab und zu in der Düsseldorfer City ist, muss nicht jedes Örtchen kennen, jedenfalls nicht dann, wenn ich ohne Stadtplan unterwegs bin, was an diesem Nachmittag der Fall war. Wir fanden das Heinrich-Heine-Institut nach ein oder zwei Minuten. Ich musste hier lang, dort lang. Kein Problem.

Auf einem anderen großen Platz mit Marktständen sah ich das Hinweisschild Richtung Heinrich-Heine-Institut, ging natürlich in die richtige Richtung, bog aber versehentlich vor der richtigen Straße wieder ab.

Darauf fragte ich eine junge Frau mit braun geschminktem Gesicht vor der Eingangstür eines Wirtshauses, die aber auch keine Ahnung hatte.

Nochmals ging ich denselben Weg, bis ich dann doch in der richtigen Straße landete.

Ich drückte die Tür, die aber verschlossen war. Jemand öffnete die Tür mit einer Automatik, es handelte sich um den *Mann am Empfang*, einem Tisch im hinteren Teil eines großen Raums, dem ich gleich begegnete. Dort musste ich hingehen. Es ist ein großer Raum mit Ausstellungsstücken und Schließfächern. Ich nahm meinen weißen Einkaufsbeutel aus der linken Jackentasche, in der ich einen gerade genommenen Folder hatte verschwinden lassen, woraufhin mich dieser Mann darum bat, meinen Beutel einzuschließen. Ich kam dem nach.

Anfang der 80er war ich mit dem Philosophie-Grundkurs des alten Solinger Gymnasiums in demselben Museum gewesen. Damals, zusammen mit meinem Lieblingskameraden, war das eine schöne Erfahrung. Heute aber tat sich mir hier alles eher profan auf.

Heute fehlt mir die intellektuelle Unschuld, würde ich sagen, um auf Originalschriftstücke noch mit einem inneren Staunen zu reagieren!

Etwa anderthalb Stunden ging ich durch das Museum. Interessant was das zu Sehende allemal. Auch konnte ich mich im Fotografieren ergehen.

Deshalb habe ich diese Würdigung verfasst.

Meine Freiheit

A. Individuelle Freiheit

Der Gedanke an den einzelnen Bürger und seine Freiheitsrechte ist in unserer Zeit wesentlich. Die individuelle Freiheit des Staatsbürgers wird durch die Einrichtungen des rechtsstaatlichen Systems weitgehend garantiert, doch bedarf dieses Verständnis von Freiheit einer weiteren Beleuchtung. Sowieso ist nämlich der Begriff der individuellen Freiheit als ein Gedanke, der sich ins ganz normale bürgerliche Leben, in unseren Alltag, umsetzen muss, von dem politischen individuellen Freiheitsbegriff, der im Rahmen der repräsentativen Demokratie des Rechtsstaates eine gewisse Anerkennung findet, abzugrenzen.

Es geht nämlich darum, im praktischen Leben und Alltag für sich selbst den Zustand der Freiheit zu erleben, in welchem Ziele ausformuliert und mit dem nötigen Engagement tatsächlich erreicht werden können. Ganz real, praktisch und so wunschgemäß wie möglich. Diese wunschgemäße individuelle Freiheit ist ohne den konkreten, handlungsbezogenen Willen zur Freiheit, verbunden mit dem Erreichen-wollen von Zielen, undenkbar! Ich stoße aber an den Freiheitswillen des Mitmenschen, des für mich anderen. Dieser spielt in dem subjektiv erfahrbaren Lebenszusammenhang immer eine große Rolle, kommt es durch diesen doch zum Erfahren von Gemeinschaft mit zum Beispiel Solidarität, Freundschaft, aber auch Feindschaft. Der Mitmensch ist durchaus auch der Konkurrent, mit dem zu rechnen ist – der seine höchst individuellen Eigeninteressen hat, die er mehr oder weniger gezielt verfolgt. Aus seiner Sicht bin ich eventuell der Konkurrent oder sogar der Feind ...

B. Das Bewusstsein über die individuelle Freiheit und der Staat

Mir des individuellen Freiheitsdenkens und des damit verbundenen Fühlens wenigstens zeitweilig voll bewusst zu sein, halte ich für erforderlich, um die Bedeutung rechtsstaatlicher Garantien für die Erhaltung der oben genannten bürgerlichen Freiheitsrechte voll zu verstehen. Auf meinem *Bewusstseinsschiff* bin ich der Kapitän, so ich diese Freiheitsgedanken und Freiheitsgefühle in mir weiß und sie vielleicht sogar offen gegenüber anderen Menschen vertrete und verteidige! Aber eben auch gegenüber dem Staat, der ja im Grunde vor allem dazu geschaffen worden ist, jegliche Freiheit zu nehmen, um sie mir im Gegenzug auf rechtlicher Basis zu geben und weiterhin zu garantieren. Er ist mir ohne Frage, der ich doch nur ein kleiner einzelner Mensch bin, stark überlegen. Diese gegebene Freiheit durch den Staat ist es, an die sich jeder einzelne Bürger klammern muss, um überleben zu können. Der Staat ist hier wohl als ein *Nehmer und Geber* zu sehen, als die ganz große Einrichtung, die – man darf es aussprechen – das Leben des einzelnen Bürgers durch Rechtssicherheit schützt und erhält. Er ist aber, jedenfalls theoretisch, immer auch imstande, jeglichen Schutz und jegliche Sicherheit wieder zu nehmen, oder anders ausgedrückt: zu rauben!

C. Die Anderen

Nun, in meiner bewussten Wahrnehmung reißen diese Gedanken und Gefühle der Freiheit natürlich auch manchen Graben zu Mitmenschen, zu anderen auf! Wie oben schon mitgeteilt, sind sie immer wieder als Konkurrenten aufzufassen. Denn besonders die materiellen Güter, die wir brauchen, sind nicht selbstverständlich gerecht verteilt. Dazu kommt unter anderem auch: Jeder Mensch will geschätzt, anerkannt und respektiert werden wie die Mitmenschen – oder eben noch viel mehr.

Es entsteht zwischen Menschen durch das konsequente Denken und Fühlen von Freiheit manche Distanz, die die zwischenmenschliche Kommunikation und das gegenseitige Akzeptieren und Verstehen erschwert. Ich störe die anderen. Sie stören mich. Und immer wieder stehen Problemlösungen in allen möglichen gesellschaftlichen, wirtschaftlichen und politischen Bereichen an. Trotzdem gibt es wohl eine Solidarität aller Freiheitsliebenden, die alles, was Freiheit ausmacht, erhalten und sogar erweitern wollen – für die das Freiheitsdenken und Freiheitsfühlen eine sehr große Rolle spielt. Diesbezüglich ist Solidarität zwischen verschiedensten Persönlichkeiten immer auch möglich: Sie kann sich in der Zielprojektion auf die Erweiterung der Freiheitsrechte des einzelnen Bürgers, ja auch direkt auf die Erhaltung des Staates – oder auf das Gegenteil beziehen.

D. Zielerreichung: Zufriedenheit und Erfüllung

Der individuelle Wille und der Freiheitssinn für alles, was mit diesem Willen verfolgt und durchgesetzt werden soll, können im Leben, welches vom Einzelnen geführt wird, sogar für größte innere Zufriedenheit und Erfüllung sorgen. Jedermann kann versuchen, seine Freiheit sehr bewusst zu genießen, gehört sie doch zum Menschsein in seiner Ursprünglichkeit als Sehnsucht nach Vervollkommnung. Wenn dem so ist, gilt mir mein Freiheitsgefühl, und all das damit verbundene Fühlen, als sehr akzeptabel und würdig der Anerkennung, gerade auch dann, wenn ich mich auf der Gedankenebene für sehr frei halte – oder eben nach dieser großen Freiheit strebe! Klar ist, Denken und Fühlen gehören zusammen, eines ist mit dem anderen verwoben. Die Wege, die ich vor mir sehe, um frei zu werden, – alle Wege, gefühlte wie gedachte –, sind dann in meiner Wahrnehmung, einer wohl eher unkritischen und selbstbezogenen, frei!

Ja, und sehr gern möchte ich – dieses zielstrebige und am eigenen Vorteil orientierte Individuum – praktische Möglichkeiten für ein Mehr und Besser erhalten. In mir soll ein Potenzial zur Entfaltung meines Selbst entstehen, sich weiterentwickeln. Und dann hoffe ich, die ganze Seinsfülle in mir wahrzunehmen, um zu denken und zu fühlen, alles erreicht zu haben: Zufriedenheit und Erfüllung in mir zu erkennen. Ich werde mich dann wirklich frei in Raum und Zeit bewegen können! Ich blicke mich um, dort sind auch die Anderen als freie Menschen. Sie erfahren täglich die konkret-tatsächlichen Freiheitsräume, die nach ihren Wünschen die Zielerreichung und Bedürfnisbefriedigung ermöglichen und sogar garantieren können.

Diese *tatsächliche individuelle Lebensfreiheit* kann immer wieder subjektiv als erfahrens- und liebenswert empfunden werden, weil sie wahrhaftig auch so zu sein scheint, wie ich sie erfasse und begreife – gerade auch in ihrem Absolutheitsanspruch gegen mich und die Welt der anderen.

Sag mal was

Es ist die Angebetete. Sie liegt da und macht im Moment keinen Mucks. Offenkundig hat sie für heute genug und will keine neuen Erkenntnisse hinzugewinnen. Vielleicht schläft sie tatsächlich.

Die Vorhänge sind zugezogen. Unser Mobiliar steht an den Längsseiten des Zimmers aufgereiht, da wir bald fortwollen. Es eilt sehr. Und ich möchte endlich dazu kommen, eine kreativere Selbstverwirklichungsoffensive zu starten. Kurz gesagt, es soll alles viel besser werden.

Natürlich, es ist dunkel im Zimmer. Und die Geräusche, die ich höre, kommen aus dem fern gelegenen Hintergrund. Dieser ist nicht identifizierbar. Möglicherweise stammen sie von einem surrenden Modellbauflugzeug, welches gerade in die Lüfte abhebt. Doch ich kann mir eben nicht sicher sein. Heute kommt alles knüppeldick – für heute reicht es mir, ehrlich! Ich stehe im Zimmer, versuche mit meiner rechten Hand die Zimmerdecke zu berühren, während meine Angebetete mit dem Ringfinger ihrer zierlichen rechten Hand kaum merklich eine Bewegung vollzieht, die ich aufgrund meiner außergewöhnlichen Wahrnehmungsfähigkeit sofort registriere.

Ich fühle mich nicht gerade gut. Fast möchte ich sagen, dass sich ein negatives Gefühl des Unbefriedigtseins eingestellt hat, dem ich in seiner ganzen Auswirkung in den vergangenen Monaten auf die Spur gekommen bin. Ich wollte dieses öfter aufkommende Gefühl für immer in die hinterste Ecke meiner Gefühlswelt verdammen. Warum es gerade heute wieder so stechend aufkommt, weiß ich nicht. Vielleicht ist der Moment des Abfahrens falsch gewählt, weshalb es sich nach oben drängt. Jedenfalls ist es mir sehr bewusst. Gerne würde ich es total abstellen, doch so leicht geht das leider nicht.

Wir liegen nun gemeinsam auf dem Doppelbett, umgeben von Plüsch, und wir sind einigermaßen zufrieden (glauben, zufrieden zu sein) mit dieser Welt. Diese Art von Zufriedenheit hat nicht viel zu sagen. Sie ist nichts als bloßer Gefühlsschein, der am schnellsten vergeht. Und der überhaupt nicht festzuhalten ist. Meiner Frau Meinung würde ich jetzt gerne hören. Ach ja, sie ist leider nicht ansprechbar. Sie rührt sich kein bisschen, was meinen Denkapparat beschleunigt. Denn es könnte etwas *passiert sein*! Etwas, welches uns des gewohnten Lebensganges enthebt, in ferne Weiten entschweben lässt.

Gestern waren wir fort, ergingen uns in freudvollen Tätigkeiten. Es war etwas anderes, stellte uns zufrieden. Die Vergänglichkeit solcher Tage ist allbekannt, ist nur zu selbstverständlich. Da wir diesen Spaß hatten, so musste er auch wieder aus unserem Leben weichen, weil es eine gesetzmäßige Notwendigkeit ist, dass er weichen muss. Ein Spaß wie dieser soll auch gar keinen bleibenden Charakter besitzen, sonst wäre er vermutlich gar kein Spaß mehr. Und es würde keine Erinnerung mehr an ihn zurückbleiben. Kurze Momente des Genusses prägen sich ein, sie lassen einen wohligen Geschmack zurück.

HEUTE wollen wir weg. Wir wollten weg, doch der Abgang scheint nicht zu klappen. Sie schläft. Ich beobachte sie intensiv, versuche ihre körperlichen, seelischen Regungen zu deuten. Ist sie etwa krank?

HEUTE werden wir noch den Abgang schaffen, dafür muss ich einfach Sorge tragen, ich übernehme ausdrücklich die Verantwortung dafür. Das muss sein. Ein Geschehnis darf uns nicht aus dem Tritt bringen.

HEUTE. Es bleibt mir auch nichts anderes übrig, als die Initiative zu ergreifen. Ich habe eine Pflicht ihr gegenüber zu erfüllen, der ich sicherlich mit ganzer Kraft nachkommen werde.

HEUTE habe ich zu begreifen, dass in unserem Leben einiges falsch gelaufen ist. Es könnte möglicherweise nach einigem Hin- und Her noch behebbar sein. Ich muss mich nach Lösungsmöglichkeiten erkundigen.

HEUTE sehe ich bestimmt nicht mehr Fernsehen. Es wäre geradezu eine Beleidigung ihr gegenüber, aber trotzdem bemühe ich mich aus vollem Herzen, denn ich habe sie immer noch lieb.

HEUTE bin ich überhaupt nicht mit mir zufrieden. Sie liegt nur so da. Schaut sie aus wie ein Vieh, welches geschlachtet worden ist? Lebt sie noch?!

Erscheinung, neuer Mensch

Ja, so ist es: Ich warte auf die Erscheinung, die mich von der Einsamkeit befreien kann. Hoffnung, Hoffnung, Hoffnung. Es soll eine dieser ganz kurzen, beeindruckenden Erscheinungen reichen! Ganz gespannt warte ich auf sie. Andere Menschen halten mich deshalb für einen Narren, aber dies stört mich nicht!

Heute, an diesem frühen Morgen mitten in der Moorlandschaft, erkenne ich in mir die Gefühle und Gedanken, die sie erzeugen werden, bin auch voller Vorfreude auf sie. Aber noch sehe ich mich, habe ich mitzuteilen, als das potenzielle Opfer von Jägern, die überall und nirgends sind. Pausen von der Jagd gibt es übrigens nicht, schon deshalb wünsche ich mir diese Erscheinung dringend herbei! Unbedingt! Sie wird mich retten, vielleicht auch die Verwirklichung dessen bewirken, was mir durch mein weiteres Leben hilft.

In diesem Augenblick spüre ich die große, entscheidende Bewegung. Kommt sie jetzt, diese neue Erscheinung!? Vieles ist möglich, gerade auch dies!

Ich erblicke ihn jetzt, diesen neuen Menschen, aber in einer Erscheinungsform, die mich überwältigt – nie gesehen, so auch nie erhofft, einfach unglaublich!

Er ist keine Fantasiegeburt, sondern real, wahr und echt: hat eine schlanke, von einer anziehend fröhlichen Farbe durchtränkte Erscheinung – mit weit ausgebreiteten Armen. Eine Geste des Willkommens?

Unmittelbar vor mir wird ein Kreis gezogen, der mich schon erfasst hat. Immer näher komme ich diesem neuen Menschen.

Ich bin schon eingefangen worden. Aber was wird mir jetzt wirklich gebracht?

Durch die Zone

Es war kalt geworden. Die Leute liefen in Trenchcoats und Anoraks, Regenschirme waren aufgespannt. An den Schaufenstern kamen sie vorüber, und Verkäuferinnen lugten zwischen Schaufensterpuppen hervor.

Dann kam eine geschlossene Gruppe …

In diesen Minuten war viel zu sehen, viel zu hören. Waren sie, die Verkäuferinnen und Schaufenstergestalterinnen, etwa nervös? Tuschelten sie auch miteinander? Ihre Köpfe wirbelten in alle Richtungen, so nervös waren sie. Man wurde nämlich stark beeindruckt. Es kam eine Gruppe *starker Männer* vorbei. Sie fesselten die, die sie hörten und sahen. Jedenfalls schien es so zu sein!

Es war sicherlich einmalig. Das erstreckte sich ungefähr über einen Zeitraum von zehn Minuten. Kein Anzeichen von Langeweile, von Ermüdung, von Angeödetsein war bei diesen in Schwarz und Braun marschierenden Personen zu beobachten! Ganz schnelle Reaktionen. Die lokale Presse – um die Ecke beheimatet – sah sich aufgefordert, ihre Vertreter vorbeizusenden. In den Gesichtern der Pressevertreter waren Anspannung, sogar eine gewisse Ratlosigkeit zu erkennen. Sie bestaunten diese Gruppe *starker Männer* geradezu. Handys wurden eifrig bedient. Ereignete sich hier und jetzt Sensationelles!?

Die *starken Männer* mit ihren Knüppeln waren ja wohl extrem draufgängerisch. Sie waren, kein Zweifel, gefährlich. An ihrer Identität hatte bestimmt keiner auch nur den geringsten Zweifel. Die Polizeikräfte wussten sofort, worum es sich handelte …, jedoch waren sie in diesen Minuten nirgends zu sehen, nirgends zu hören …

Und auch niemand von denen, die sonst immer wieder gern diese *starken Männer* kritisierten, zeigte sich auf der Straße. Wo waren all die an Recht und Ordnung orientierten Bürger, die in dieser Situation auch zivile Courage zu zeigen bereit waren? Die von sich sonst gern behaupteten, da zu sein, wenn Menschen geschadet wurde!?

Es war ein Tag wie jeder andere? Nein, eben nicht! Denn es gab die *starken Männer*!

Die Solidarität unter den Ladeninhabern der City wurde arg strapaziert. Offensichtlich waren viele, sehr viele von Angst beherrscht. Denn die so stark Auftretenden schienen gar nicht einmal so unintelligent zu sein. Sie waren laut, einschüchternd und wirkten eben tatsächlich sehr robust. Keiner meinte, gegen sie helfen zu müssen. Keiner, sich gegen sie offen bekennen zu sollen. Keiner wagte es gar, persönlich gegen sie auf der Straße das Wort zu führen!

Ach, wie gut sie waren und so stolz, diese *starken Männer*! Erhobenen Hauptes marschierten sie voran ...! Die Macht, die sie bestimmt fühlten, kannte keine Grenze! Ach, wie schlimm es war, dass niemand wirklich erkennen konnte, wie fürchterlich es war, dass sie nur noch schrien und dann auch knüppelten! Sie handelten so vielleicht, um vor allen, ja vor der Nation, im hellsten Glanze dazustehen. Sie standen schließlich vor dem großen Einkaufszentrum. Alle Türen wurden augenblicklich verschlossen. Immerhin zeigten sich ein paar Sicherheitsleute. Diese guckten besonders grimmig drein.

Erstaunlicherweise war dann eine Polizeisirene zu vernehmen …

Teil der Geschichte

Lebt noch, ist erfolgreich gewesen
hmm, kennt den Wert des Tuns, besonders des Geschäfts
mit dem Immer-Vorwärts –
von einem Erfolg zum nächsten. Oder rückwärts.

Denkt eben auch noch!
… Tatsache, hat die Vergangenheit rüber gerettet
mit vielen Erinnerungen
ins Heute der verschiedensten Fährnisse!
Auf dem kleinen Kahn schippert's sich auch schön.

Leben hier, leben dort.
Auf der Erde mit allen Erscheinungen,
die des Menschen für den Menschen -
in der Welt des individuellen Erfahrens.
Und alles ist Prozess …

In der Gegenwart, in der wir leben
zerströmt alles ins beginnende Morgen:
bald wird die jetzige Gegenwart das Alte sein,
und das Morgen die Gegenwart.
Und alles ist Leben – kompliziert, simpel, Bild oder Wort

Im Grunde herrscht ewig die Dämmerung
über alles und alle.
Geschichte ist ein einziges Werden, welches linear.

Die Rede ist von Sex

PERSONEN

Agate, Bern, Hans-Otto und Jonny. Es sind Menschen mittleren Lebensalters mitten in Europa.

ORT

Kleine Wohnung. Die zwei Räume sind bieder ausgestattet.

Der gelbe Garten weist flächenmäßig niedrigen Pflanzenwuchs auf.

Schlafzimmer

Agate: Bist ziemlich lästig, Kleiner.

Bern: Will nur nageln.

Agate: Dazu habe ich – in diesem Monat – keinen zugelassen.

Bern: ... und wenn schon ... und wenn schon ... du machst auch mal Fehler!

Agate: ... ich? Pah! – Lust auch keine.

Bern: Doch, doch ... meine Kleine. Lass' den ollen Papa mal machen!

Agate: Nein!

Peter, kommt: Hallo, da ist wer!

Stellt sich vor den anderen auf.

Agate: Wer?

Peter: Mein Name ist ... na?

Agate: Ich sehe keinen Mann vor mir, nur einen kleinen Jungen!

Bern: Ein Arschloch und einen Superlümmel.

Agate: Na und ob, ich könnte gleich zupacken.

Bern: Aber nicht bei mir gewollt!

Agate: Was geht dich mein Gerede an? Was gesagt, ist schon vergessen.

Bern: ... bemerkenswert.

Peter: Ich will aber nicht sofort, sondern benötige noch einen Aufschub wegen meiner Leistungsprobleme. Die müssen zusammen mit Professoren analysiert werden, wozu ich in die Uni muss.

Bern: ... was für ein Mann!
Agate: Dafür hat keine Dame Zeit! Jetzt gilt's. Jetzt!!!
Bern: Hörst du sie?

Grinst Peter breit ins Gesicht.

Peter: Ich habe es überhört!

Peter geht. Agate zischelt was daher. Bern bleibt dort.

Wohnschlafraum
Bern überwacht auf einem Monitor akribisch den Raum. Ein Bett steht in der Mitte. Es sind dort auch kostbar gerahmte Bilder, die herumliegen und herumstehen.

Agate auf Bett liegend, unbekleidet, ... gut gestimmt: Meine Karriere. Mein Göttchen, ich habe so viel Durst! Meine Karriere! Die kommt zu mir, nicht ich zu mir!
Hans–Otto, kommt schnell angelaufen: Ja?
Agate, etwas deprimiert: Ich brauche viele Nummern. Meine Karriere liegt im Argen; ... nun muss ich wissen, wie viele Nummern ich ertrage, wenn ein Mann mich begehrt. Praktisch wird, hektisch wird, ... mich einzuseifen versucht, wie es so mit Männern ist!
Hans-Otto: Ja? Habe mich dir angenähert …!

Er zeigt offen sein Begehren.

Agate, etwas deprimiert Ach, du bist es …!? Aber so so so viele, ich liebe euch Männer nicht mehr sonderlich! Sodass ich es jetzt nicht mehr aushalte ohne einen Mann! Dass alles danebengehen muss, damit ich euch endlich zu hassen anfange, ja, und mich von euch lieben lassen werde!
Hans-Otto: Ist das wahr!? Wer soll das glauben!? Du ... wirst schon hassen! Du wirst hassen, mich und andere, möglichst jedermann!

Er ist aufgebracht.

Agate: Nun mach aber schon, ich warte!

Hans-Otto: Ich bin doch kein Sklave, der's sofort und selbstverständlich genauso macht, wie du es willst!

Agate: Hm, du lässt die edle Dame heute warten, und dies so lange, bis ich durchdrehe!

Hans-Otto: Spiel dich bloß nicht auf?!

Agate, distanziert: So ein Quatsch! Was will der Mann von uns – von mir – wer, du?!

Hans-Otto: Geht's auch noch blöder ... blöder?

Agate: Nein!

Hans-Otto: Du bist meine Ehefrau. Ich will mit dir auswandern nach Australien, Kanada, nach Argentinien. Ist egal, wohin, Hauptsache weg!

Agate: Guck' mal, da kommt einer!

Jonny kommt von der linken Seite aus mit einer Bettmatratze auf dem Rücken, die überm Bauch festgeschnallt ist. Hans-Otto beobachtet aufmerksam das folgende Geschehen.

Jonny: Ich komme gar nicht!

Agate: Doch!

Jonny: Ich stehe randnah am Werkelsinn. Deshalb arbeite ich auf Baustellen. Denn ich will noch dümmer werden!

Agate, sehr interessiert und ganz Jonny zugewandt: Willst du jetzt auch einmal ein bisschen Sex haben. He? Das wäre ja prima.

Jonny: Lieber nicht! Bauarbeiter-Genies wie ich sind zuverlässige Arbeitnehmer, die selten an so etwas denken. Sie sind sittsam, angepasst. Im Kopf haben sie vor allem das Gute, Teure und Ehrbare. Davon hängt nämlich ihre berufliche Zukunft ab.

Kurze Pause. Agate wirkt sehr nachdenklich.

Jonny: Du musst wissen, heute bin ich ja durchaus auch einmal dazu aufgelegt, aber ich lasse es trotzdem sein, weil ich schnellstens zu meinem Arbeitsplatz zurückzukehren habe. Dies ist meine Pflicht.

Agate, aufbrausend: Hurtig, auf die Plätze, fertig, los!

Jonny: Das soll gescheit sein?! Wie verhältst du dich, was redest du für einen Unsinn ...!?

Agate: Ich habe eben meine Bedürfnisse.

Jonny: Aber ich bin gleich wieder weg!

Agate, wütend: Hau' doch ab, du Trottel!

Jonny: Nö, jetzt doch noch nicht!

Er verweilt. Jedoch Hans-Otto verlässt den Raum.

Hans-Otto: Bis bald!
Jonny und Agate, lachend: Bis baaaald!

Sie kauern nun zusammen am Boden.

Im gelben Garten
Alles ist jetzt in der Farbe Gelb gehalten. Hängematte, in der zwei Liebende liegen. Bern verfolgt weiterhin vor dem Monitor sitzend das Geschehen.

Agate: Ich ... hab' genug.
Jonny: Ich doch ... uuuuaaaah.
Agate: Sollen wir trotzdem wiederholen?
Jonny: Noch nicht, erst dann, wenn das Handballspiel im TV losgeht.
Agate: Solange warte ich bestimmt nicht!
Jonny: Muss das sein!?
Agate: Du könntest Rücksicht auf meine Bedürfnisse nehmen!
Jonny: Daran habe ich noch nie gedacht. Warum auch!?
Agate: Heute bin ich deine Freundin.
Jonny: Das ist doch für mich kein triftiger Grund.
Agate: Was ist für dich ein triftiger Grund?
Jonny: ... wenn ich dasselbe Bedürfnis habe und an mir registriert habe. Es befriedigt wissen will. Dazu übergehen möchte, eine Handlung zu verlangen; oder eine Handlung eines anderen zu erwarten, dies selbstverständlich oder überraschend.
Agate, die aus der Hängematte fällt: Das ist doch ein ... Fliegendreck!
Jonny: Mehr oder weniger denken Frauen heute alleine an ihre Bedürfnisse, nicht an die der Männer!
Agate, sitzend: ... besser, du hältst dich künftig fern von mir, damit ich wieder alleine in meiner Hängematte schlafen kann!
Hans-Otto wandert in Richtung der beiden, mit einem Krückstock bewaffnet. Er kommt über einen Feldweg neben Garagenbauten.
Hans-Otto, fröhlich: Es ist vollbracht; morgen werde ich Minister sein!
Agate: Ah, dieses wird mich aufheitern!
Jonny, hochnäsig: Ich kann sagen: Das verdutzt mich!

Bern bezieht einen Guckposten auf einem der Garagendächer; trägt ein Teleskop auf dem Arm und schwingt es hin und her.

Jonny, bemerkend: Ich wundere mich über nichts mehr!

Agate, zu Hans-Otto: Er wird also Minister ... wo bist du ...?

Hans-Otto, lautstark: Hier! Steht still, nimm damit eine militärische Haltung an.

Agate, ironisch: Herr Minister, he, … warum wirst du denn eigentlich Minister werden?

Hans-Otto: Ehrlich ... ich weiß es nicht genau, man hat mich gewählt. Irgendwer schlug mich vor. Ein anderer Irgendwer suchte dem entgegenzuwirken. Viele Irgendwers stimmten darüber ab, ich gewann die Abstimmung zu meinem Erstaunen. Als Politiker muss man da was aushalten können. Ich bin ja einer, glaube ich!

Agate: Es ist mir neu. Hans-Otto, du Politiker!

Jonny, lethargisch: Ich wundere mich über nichts ... nichts ... .

Eine Autobahntrasse soll hier, vor Ort, gebaut werden. Viele verschiedene Spezialfahrzeuge kommen von einer Seite her geordnet angefahren und überrollen prompt den Garten. Bern, auf Posten, lächelt ein bisschen dazu.

Alle gehen ab.

Die Rockgruppe und der Anschlag

„Freiheit liebe ich, weil ich mich politisch äußern kann!", sagte Tom und lächelte seine Tina an, die sofort zurücklächelte. Oft waren beide derselben Meinung, besonders wenn es um politische Fragen ging. Heute hatte er einen Brief an den Bürgermeister geschrieben, in dem stand, wie sehr es ihm darauf ankam, diese Rockgruppe nicht in der Stadt auftreten zu lassen. Schrieb: „Das wäre die falsche Auffassung von Freiheit, denn *Banned* und alle, die so denken wie sie, drücken ihren Hass gegen tolerante Menschen aus!"

Tom hatte einfach genug davon, dass von der extremistischen politischen Partei, deren Anhänger das offene Bekenntnis nicht scheuten, immer wieder alles versucht wurde, um möglichst viel Aufsehen zu erregen. Die Rockgruppe *Banned* auftreten zu lassen, passte deswegen für Tom genau ins Bild. Er meinte zu Tina: „Die Stadtväter wollen eben auch, dass die Rockgruppe spielt – das ist nämlich eine Machtdemonstration. Wer die *Gestreiften* totgesagt hat, soll eines Besseren belehrt werden!"

„Du glaubst also wirklich, dass der Bürgermeister auf der Seite der *Gestreiften* steht?"

„Ja!"

Tom wusste, dass solche Briefe, auch wenn sie zusätzlich im Internet veröffentlicht wurden, kaum Wirkung erzielten – schon gar nicht bei denen, die in der Stadt das Sagen hatten, von denen er sowieso nicht viel hielt.

„Das ist vergebliche Mühe gewesen, Tom!", so Tina, die sich auf dem Sofa sitzend eine kalte Cola gönnte. Ins Zimmer verirrten sich ein paar angenehme Sonnenstrahlen.

Sie blickten dann auf den Bildschirm des Laptops, in dem gerade die TV-Berichterstattung über eine Demonstration gegen den Auftritt der Rockgruppe lief. Dann gab es eine große Explosion, die weit und breit Zerstörung anrichtete. Die beiden waren entsetzt! Sie waren live dabei, und sie fanden für einige Minuten nicht zum Sprechen zurück. Millionen Menschen vor Bildschirmen ging es genauso.

Derartiges hatte es in Deutschland noch nicht gegeben. Und die Berichterstatter vieler Sendeanstalten befassten sich erst einmal intensiv mit dieser Katastrophe, die von der Polizei sehr schnell als ein Terroranschlag eingestuft wurde.

Ein Durcheinander

Eins.

Während unseres Treffens konnten wir nur wenig von dem ausblenden, was uns belastete. Die Kritiker in der Stadt behaupteten nämlich viel Absurdes, Abwegiges, Abgründiges.
Für uns wurde es gefährlich!

Schließlich fand ab 21.30 Uhr im Versammlungssaal unserer Villa eine intensive Diskussion statt. Thema war *Maßnahmen gegen die antireligiösen Lügenbarone.* Jeder von uns ging in sich, um dann so sachlich wie möglich zu diskutieren. Doch zweifellos war es schwieriger denn je, Emotionen und Gedanken zu zügeln, um dann kluge Sätze auszusprechen. Die Diskussion drohte in einem Durcheinander unterzugehen! Bald sah es für mich ganz danach aus, dass die Auflösung unserer Gruppe nicht vermieden werden konnte. Ich fand dies schrecklich.

Unser Freund Albert Glocke war es, der die Gruppenauflösung schon vor Monaten prophezeit hatte. Er war gerade einmal vierzig Jahre alt, gebildet und von einiger Intelligenz. Oft predigte er die Reinheit der Tat und des Wortes in religiösen Fragen, wobei er sich sittenstreng gab. Immer wieder konnte er Menschen überzeugen, doch ich hielt von ihm recht wenig.

Das Licht des Leuchters über dem imposanten Eichentisch erfasste den ganzen Versammlungssaal, in dem wir uns aufhielten.

Meine Augen fuhren nervös umher: Gesichter. Stimmen. Meinungen. Es kam dann doch noch etwas Ordnung in das Durcheinander. Schließlich saßen die meisten wieder am Tisch. Sie diskutierten nun kontrovers, aber einigermaßen gelassen. Ich zog es allerdings vor, meine Meinung für mich zu behalten, wollte am liebsten nur noch Zaungast sein.

Seit Minuten war Donner zu hören, denn das vorhergesagte Unwetter zog heran. Es kündete für abergläubische Zeitgenossen von einem Unheil. Und im Saal suchte so mancher nach den ersten Blitzen am Himmel. Wieder mehr Unruhe. Glocke hob zu einem seiner Redebeiträge an … Ja, er war der Star an diesem Abend! Keine Frage! Am Tisch stehend, exakt in der Saalmitte, hielt Glocke gerade eine Rede moralinsauren Inhalts. Mich wunderte hier vom Verlauf der Veranstaltung her kaum etwas, hatte ich doch monatelang meine Beobachtungen gemacht.

Klar erkennbar waren die Auflösungstendenzen unserer Gruppe.

Erfuhr dann Interessantes: Glocke hatte vor Stunden eine bombige Blondine auf der Autohaube des parkenden Porsche vor unserer Villa, der vor zwei Jahren grundsanierten *Villa Geradehoch*, bemerkt. Das berichtete er sachlich, mit ironischer Stimme, sodass unser Diskussionsthema wechselte. *Blondine und Sittenlosigkeit* hieß das neue Thema.

Glocke: „Diese pseudoerotische Darbietung weist auf das große Problem hin, Ordnung in unsere Sitten zu bringen …!“

War dies nicht lächerlich? Eine harmlose Beobachtung wurde zum moralischen Beweismittel. Aber ich traute mich nicht, etwas dagegen zu sagen. Glockes *Fraktion der Moralapostel*, wie ich sie nannte, dominierte. Ich wollte, wie einige andere auch, nicht vorzeitig aus der Gruppe gedrängt werden.

Zwei.

War das Gewitter, welches draußen in diesen Minuten auftrumpfte, ein Gotteszeichen? Glocke glaubte sicher daran.

Man musste jetzt unbedingt gründlich prüfen, bevor etwas (wie das Gewitter oder die Blondine) als Zeichen zu werten war. Das Gewitter wurde daher zur Prüfung genauestens dokumentiert. Dafür war vor Ort Freund Mechtel, ein fünfzigjähriger Hardliner, zuständig. Er konnte mit Hightech Bilder und Töne aufnehmen. Dies tat er, während wir im Saal um Sätze rangen.

Glockes zitierte Äußerung der Sittenstrenge traf bei ein paar Anwesenden auf Widerstand, worüber ich mich freute. Vielleicht war die Zukunft für uns noch offen.

Als Glocke endlich schwieg, lachte ich aus vollem Halse. Doch Glocke lachte mit mir. Er stürzte zu mir hinüber. Sogleich legte er seinen rechten Arm brüderlich auf meine Schultern. Das befremdete mich sehr. Die Freunde lachten allesamt, wie mit einer Stimme.

Stille.

Mechtel durchbrach sie, sagte: „Gespeichert auf meiner Speicherkarte!“ Alsdann entfernte er sich in Richtung *Analyseraum I: Auswertung der Gotteszeichen.* Es gewitterte draußen weiter. Überraschend schlug der Blitz auf der Terrasse unserer Nachbarvilla im Bauhausstil ein, wo an diesem kalten Weihnachtsabend eine Grillfete stieg, an der hübsche Schülerinnen der Umgebung teilnahmen. Wir rannten zum Fenster ...

Drei.

„Eine Schande!“, sagte Mechtel, als wir uns am Folgetag wieder in der Villa trafen. Alle hatten wir interessiert das Lokalblättchen studiert.

„Ein Unglück nebenan!“, so Freund Glocke, der abgekämpft aussah. „Mich hat die Polizei vernommen ...!“

„Wie?“, überraschte ich.

Die anwesenden Freunde schwiegen.

Jetzt lebten wir auf wie nie ...

Die Berichterstattung in der Presse beschäftigte uns: der noch ungeklärte Gewitter-Tote auf dem Grillrost bei den Nachbarn, die bombige Blondine auf der Haube des Porsche.

Des religiösen Eifers brauchte es nicht an diesem freundlichen Morgen. Mechtels Analysearbeit war ja übrigens noch längst nicht beendet.

Zwei Begegnungen

Im Jahr 2401 n. Chr.. Des Drachen Argloss sehnlichster Wunsch ist es schon immer gewesen, Menschen und Zwischenwesen zu beweisen, dass er sie mag und ihr guter Helfer sein will, sofern seine knappe Zeit es ihm erlaubt.

David Probst, der deutschstämmige Kontakter zu allen Drachen in Asia, wo die Chinesen kürzlich ausgestorben sind, hat Argloss persönlich versprochen, dass ihm dieser Wunsch endlich einmal erfüllt werden soll. Er versprach es, als sie sich in einer riesengroßen Höhle auf der langen Route durch Asia, die seit Jahrhunderten von den Menschen *Seidenstraße* genannt wird, trafen. Und Probst sagte: „Du wirst zeigen, wie sehr dir die Güte eigen ist! Ich werde dir dazu Gelegenheit geben!"

Argloss war sehr aufmerksam und entschlossen. Meinte darauf: „Ich bin zu allem bereit! Die Menschen sollen erkennen, wie gütig das Drachengeschlecht ist!"

Nun, Argloss ist ja tatsächlich als ein besonders starker, gütiger und lebensfroher Drache bekannt, der allen helfen will. Auch die menschenähnlichen Zwischenwesen, also die ganz kleinen Gnome und die Wechselwesen, die Trolle, wissen längst um seine Güte, die der Güte der Menschen gleichkommt. Jedoch die Trolle haben immer wieder gegen ihn geredet. Sie mögen ihn nicht. Sie sehen vor allem die Gefahren, die von dem Drachengeschlecht ausgehen: Der Körper jedes erwachsenen Drachen sei so gewaltig! Viele Drachen würden immer alles zerstören!

Nach mehreren Tagen hat der Drache Argloss diesen Menschen David Probst schon fast vergessen und die Seidenstraße hinter sich gelassen. Argloss fliegt umher. Von oben beobachtet er manchmal die Menschen auf dem Land, auch in ihren Siedlungen. Sehr viel kommt er rum! Asia gefällt ihm. Jetzt wartet er auf die Wunscherfüllung …

Dann landet er auf dem Boden, um nach Essen zu suchen. Dabei trifft er unerwartet auf Jonatella. Sie ist schön, geistreich und kann alle und alles zum Guten hin beeinflussen, was Argloss stark beeindruckt. Sofort erkennt er, was sie alles kann!

Recht bekannt ist sie schon in Asia.

Abwartend stehen sie einander gegenüber. Keiner wagt es, auch nur ein Wort zu sprechen. Die Spannung ist groß, bis Jonatella schließlich meint: „Ich brauche dich!“

Nervös Argloss: „Wofür?“

„Das kannst du dir nicht vorstellen …!?“, erwidert sie lächelnd.

Argloss lächelt schüchtern zurück. Schnell hat er sie, ganz der Beschützer, in seinen Arm genommen. So verharren sie stundenlang. Bald hält er seinen Drachenkörper über sie, weil sie zu klagen angefangen hat. Ihr Weinen rührt ihn. Er will sie noch besser beschützen.

„Fühlst du dich verfolgt, Jonatella, hast du Angst?“

Sie antwortet aber nicht. Alsdann schläft sie ein. Hier und heute könnten ihr die Trolle aus dem Lande Trollistan in Asia Nord nichts anhaben. Denn Argloss würde für sie alles tun.

Diese Trolle versuchen seit Langem, alle Schönheit und alle Güte unter den Lebewesen zu vernichten, was Argloss schrecklich findet. In Jonatella hat er eine Elfin für sich entdeckt, die an seiner Seite gegen diese Trolle kämpfen könnte. Je mehr er darüber nachdenkt, desto mehr Hoffnungen macht er sich. Sie muss sich aber erst einmal ausschlafen, neue Kraft schöpfen.

Der Drache Argloss hat sich bis zu dem Augenblick der Begegnung mit Jonatella, der Elfin, oft einsam gefühlt. Vielleicht ist er jetzt in sie verliebt. Er denkt nicht nur an den gemeinsamen Kampf gegen die Trolle, sondern auch an ein Leben mit Jonatella. Noch ganz lang will er mit Jonatella zusammen sein.

GEFAKED
Oder: Fassadenwelt

Vor ein paar Tagen hat sie, diese Mittvierzigerin Uschi Kardinal, wohl einmal richtig zugehört, auch zugesehen, war dem Ganzen mit allen Sinnen zugewandt, meinte auch, alles begreifen zu können, dem sie vorher – in Jahren und Jahrzehnten – sowieso gar nichts hatte abgewinnen können.

Uschi galt in ihrem Viertel als Außenseiterin, die nie irgendwo *richtig* mitmache und kaum auf Anerkennung stoße. Sie lasse sich, so hieß es einfach, öfter einfach hängen und würde keine Aussichten haben, beruflich etwas zu stemmen. Sie sei eine Loserin, auf die alle vor Ort verzichten könnten. So weit, so schlecht.

Sie hasste das! Dagegen hätte sie sehr gern etwas tun wollen – mit großem Engagement zum Erfolg!

Der ganz bestimmte Tag, den sie dem Erfassen dieses Ganzen dann tatsächlich mit Hingabe widmete, füllte sie mit allem wirklich aus. Sie meinte, erstmals richtig zu leben. Erfüllt. Glücklich, glänzend.

„Schönster aller Tage, einmalig!“, rief sie aus. Und sie meinte dann auch, dies sei zum ersten Mal in ihrem Leben eine Zeit mit Menschen, mit Dingen, für die sie sich auch und gerade voll begeistern konnte. Jetzt musste sie sich einfach nicht gehen lassen, alles laufen lassen, um nur so über die Runden zu kommen! „Alle Lebenserscheinungen ergießen sich über mich, toll!“ Deshalb fühlte sie sich nach eigener Äußerung: „Endlich total wohl!“

Ich hörte dies von ihr. Sie berichtete es mit dem Unterton der Enttäuschung. An der Straßenecke stand sie und war dem Weinen nahe. Die Autos preschten an ihr vorüber. Kein Bürger nahm von ihr Notiz.

Die Zeit war abgelaufen, ganz offensichtlich. Jetzt, so sah es einfach aus, litt sie. Ging einem Gewerbe nach, welches sie hasste wie das Leben! Sie berichtete mir weiter: Dieses Ganze sei ja nichts gewesen, für das sie etwas konnte. Das sei so abgelaufen: der Mensch namens August, der sie in ihrem Vorgarten, wo sie an diesem schönsten aller Tage morgens früh die Erde umgrub, über den Gartenzaun sprang und sie einfach in den Arm nahm. Dieser Polizist, dem sie nachblickte, was dieser merkte, und zu ihr kam. Er lächelte sie voller Freundlichkeit und Verständnis an. Gab ihr gute Ratschläge.

Verdrehte Welt! Aber einfach schön ...!

Ihr Blick sei während dieser Treffen kurz auf anderes gefallen, und dann habe sie den Menschen schon gar nicht mehr in ihrer Nähe gehabt. Mehr als seltsam, sehr enttäuschend! Sie sei nachmittags zurück in ihr baufälliges Heim gegangen, eine alte Villa am Stadtrand, bequemte sich dazu, das Abendessen zuzubereiten, wobei sie den einen oder anderen Blick in die blasse Straßenlandschaft gegenüber riskierte.

Aber dort sei buchstäblich kein Mensch mehr zu sehen gewesen, die ganze Landschaft sei in einer Leere ertrunken gewesen – und dann kam ihr die Erleuchtung, sie sagte mir, ihrem verständnisvollen und interessierten Gesprächspartner, einem der Nachbarn: „Die, die sich Menschen nennen, sind keine! Sie tun nur so! Sie gehören zur Fassade, die sich Leben nennt! Es ist schrecklich."

Wege der Information

PROLOG

Keiner denkt und meint richtig!
Oder doch!?
Keiner kann alles richtig sehen und hören!
Oder doch!?

A. Der Weg zu den Menschen

Die meisten Menschen wollen im Leben sehen, hören und begreifen. Das, was sie erreicht hat, wird von ihnen aufgenommen, alsdann rational und emotional verarbeitet. Es gibt dieses große Bedürfnis, Neues zu erfahren, Informationen zu erhalten – ja, einen Hunger danach. In der Zeit der Hochtechnologie wird dieses Neue teilweise immer noch direkt von Mensch zu Mensch weitergegeben. Aber: Wer Neues erfahren will, schaltet heutzutage oftmals ein Gerät ein und wird Konsument, kann jedenfalls als solcher angesehen werden – gemäß seinem eigenen Willen, nach eigenen Interessen, Neigungen und Gewohnheiten.

Diese letztgenannten Informationen entstehen unter bestimmten Voraussetzungen. Viele sind als das Resultat von Arbeit anzusehen, als Produkte, die oft eben auch für Geld verbreitet werden sollen.

Und jeder sollte klar erkennen, dass Informationsproduzenten für bestimmte Zielgruppen tätig sind! Sie agieren ja auch als politisch und moralisch relevante Autoritäten in der Medienöffentlichkeit, die angeblich wissen, was richtig, wichtig sei, um überhaupt eine verbreitungswürdige Information sein zu können. Sie filtern also vor. Neu ist für sie das, was sie als neu etikettiert haben. Die Empfänger der Informationen, die Konsumenten, sollen dies akzeptieren.

Und natürlich wahr sei es! Das ist das größte Geltungsbedürfnis der Informationsproduzenten: die Wahrheit von Tatsachen, von Fakten, – um sie gehe es vor allem!

Jedoch sind die Wahrheit und ihr Gegensatz, die Falschheit, also die Teilwahrheit oder die Lüge keine einfach erkennbaren Kategorien. Auch das Falsche, die Lüge wird eventuell als wahr ausgezeichnet, um anschließend auf den modernen freien oder teilregulierten Markt für Informationen geschickt zu werden: ins TV. In das sogenannte Netz. Überall sollen das Falsche und die Lüge anlanden und auf fruchtbaren Boden fallen.

Früher war der alte Marktplatz im Dorf der Ort des Austauschs von Informationen, heute herrscht in der ganzen Gesellschaft, quasi überall Marktstimmung. Was kommt, das kommt. Informationen, einfach so im Alltag oder über die Medien, prasseln auf uns ein. Die Social Media ermöglichen einen unbegrenzbar erscheinenden Strom von Informationen und Meinungen. Die Information ist wesentlich mitverantwortlich für die Bildung von Meinung. Darin liegt ohne Zweifel ihre höchste Wirkmacht.

Die Bedeutung der Meinungsbildung eines Einzelnen ist sicher nie größer gewesen als in der demokratischen Massengesellschaft!

B. Die falschen Informationen

Ein Einzelner kann von Informationen überschüttet werden, infolgedessen quantitativ, aber auch qualitativ überfordert, weiß keine Auswahl zu treffen. Hört und guckt weg, und er interessiert sich kaum noch. Entwickelt seine eigene Grundhaltung zum Leben, auch und gerade zu einzelnen Detailfragen, aber leider auch Vorurteile und Ressentiments, die die Grundhaltung inhaltlich bestätigen können und dadurch stark festigen. Eine einfache Erklärung für komplizierte Vorgänge und Ereignisse zieht am meisten. Einzeltatsachen müssen ja in kausalen Zusammenhängen berichtet werden.

Gerade deswegen sollte gelten: Nichts nur liegen lassen, sondern immer wieder unterschiedliche Meinungen und Anschauungen durch den individuellen Filter – Bilder, Wörter, Emotionen, vieles mehr in seiner Vielfalt – einlassen und verstehen, zumindest ernsthaft verstehen wollen!

Was stets bleibt, selbst wenn gewissenhaft mit Informationen umgegangen wird: Keiner weiß ganz genau, ob etwas sachinhaltlich stimmt, ja ob es überhaupt passiert ist, so und nicht anders ein Geschehensablauf war … und ob dieser Mensch schuldig oder unschuldig ist. Ob er an dieser Straftat überhaupt beteiligt war. Vielleicht ein ganz anderer?!

Deswegen bleibt auch stets das Erfordernis, die Menschen und die

Medien für an der Vernunft orientiert, zumal für objektiv und für verantwortungsvoll zu halten.

Wenn jemand falsche Nachrichten produziert hat und liefert, so können wir das erkennen, indem wir uns grundsätzlich um die Wahrheit bemühen, sie immer und überall suchen, nichts einfach akzeptieren. Wir können stets zweifeln und hinterfragen, selbst Fakten überprüfen. Jedoch wenn derjenige, der die Nachricht ist, das Falsche kommuniziert hat, so sind wir dem oftmals ausgeliefert, jedenfalls in dem Fall, da der direkte Weg zum Empfänger einfach nur frei ist – unreflektiert, ungeprüft, unkontrolliert. Dies gewährleistet der professionelle Journalismus überwiegend!

Aber wir wollen ja frei sein! Was bedeutet, dass auch das Falsche auf uns zukommt, wie und wann auch immer, um uns zu beeinflussen!

Allerdings schon ein kleiner Verdacht, ein Hinweis sollten ausreichen, um besser alles abzuweisen, es zumindest sehr kritisch zu hinterfragen. Es gilt sowieso, möglichst viele verschiedene Medien zu nutzen, auch solche, die der eigenen Grundhaltung, den eigenen Meinungen widersprechen!

Wir in der Welt der Politiker, der Nachrichtenproduzenten

Wer ist WIR? Wir sind die Bürger eines Staates, nämlich der Bundesrepublik Deutschland. Wir sind nicht unempfänglich für das, was andere Menschen aussenden, um uns zu beeinflussen. Als Menschen haben wir Schwächen. Und Beeinflussung ist als Problem anzusehen, vor allem als ein politisches. Solange sie in zwischenmenschlichen Beziehungen stattfindet, mag sie noch angehen – gibt es doch persönliche Freiheiten, die vom Staat garantiert werden.

Aber im Bereich des Überindividuellen, insbesondere der Politik auf nationaler und internationaler Ebene, ist Beeinflussung mehr als fragwürdig – muss immer und überall grundsätzlich hinterfragt werden!

Nachrichten werden produziert, werden als solche *unter die Leute gebracht*, von daher muss mit ihnen verantwortungsvoll umgegangen werden, was sicher nicht als übertrieben moralisch angesehen werden sollte.

Alle Nachrichten – als eine der Formen der Beeinflussung – mit politischem Inhalt oder am Rand des Politischen können dazu dienen, konkrete politische Ziele im modernen demokratischen Staat zu erreichen. Sie müssen dafür allerdings auf *fruchtbaren Boden* bei den Menschen in ihrer Eigenschaft als Wähler fallen. Sie durch Nachrichten, besser gesagt Berichterstattung zu beeinflussen, ist eben weit mehr als nur zu „informieren".

Die politische Beeinflussung gelingt am ehesten, wenn Nachrichten unseren eigenen Meinungen, Einstellungen und Grundhaltungen entsprechen oder diesen entgegenkommen. Der Verbreiter von Nachrichten kennt sie, denn er hat sicher genügend Vorinformationen, ganz besonders wenn politische Parteien mit ihren Apparaten ihre Interessen geltend machen!

Wer uns mit Erfolg schnell und länger anhaltend beeinflussen will, muss uns in vielerlei Hinsicht attraktiv und nützlich vorkommen, besonders auch vertrauenswürdig, kompetent und für die Sicherheit eintretend. Der Vertrauensvorschuss in die Parteipolitiker muss dem Wahlbürger sehr berechtigt vorkommen.

Die Politiker von Parteien können somit immer wieder alles daransetzen, die politische Parteiprogrammatik an uns zu orientieren – und dies gilt ja auch als eines der Ideale der westlichen Demokratie! Wenn sie dies mit der tatsächlichen Absicht tun, nur Wahrheiten und Tatsachen zu verbreiten, so ist dies sicherlich anzuerkennen.

Jedoch birgt dieses Vorgehen die große Gefahr in sich, dass in der Hinwendung zum Wähler viel zu weit gegangen wird!

Der Wahlkampf fordert vom Politiker, immer bei der Wahrheit zu bleiben, doch es hat sich immer wieder erwiesen, dass ebendies sehr schwierig ist. Politiker ergehen sich gern in allgemeinen Aussagen, um nicht festgenagelt zu werden. Politiker umschiffen gern die eigenen Widersprüchlichkeiten und Probleme. Sie stehen meist unter großem Erfolgsdruck. Das verführt letztlich auch dazu, mit der Wahrheit allzu locker umzugehen.

Der demokratische Politiker geht, weil es ihm am ehesten Erfolg verspricht, vornehmlich auf die Interessen und Neigungen, Meinungen, Einstellungen und Grundhaltungen der Zielgruppen ein, die sowieso im Vorfeld von Wahlen wissenschaftlich analysiert werden. Auch und gerade dies sind Menschen, die von sich meinen, sie seien kritisch und hätten viel Verstand. Sie meinen natürlich, falsch und richtig deutlich voneinander unterscheiden zu können. Das ist aber besonders anzuzweifeln!

Der Wahrnehmungsapparat eines Menschen, somit auch die subjektive Meinungsbildung, lassen sich leicht täuschen. Eben besonders innerhalb der Zielgruppen mit bestimmten Erwartungshaltungen! Der Produzent und Verbreiter von Nachrichten weiß dies selbstverständlich. Auch ohne jemandem etwas zu unterstellen, ist es einfach so, dass alle Nachrichten zwecks größtmöglicher Beeinflussung, auch im Politikalltag, gezielt verbreitet werden können. Allein der Erfolg zählt.

Ob dabei absichtlich und gezielt gelogen wird, ist immer die Frage!

Wir wissen aus der jüngsten Geschichte, dass absichtlich und ganz gezielt Halbwahrheit, Unwahrheit, Falschheit, Lüge – wie man es auch nennen will, eben auch FAKE NEWS – verbreitet werden, um für die eigene politische Sache positive Effekte in der Wählerschaft zu erreichen. Es ist erkennbar (und sicher auch oft nachweisbar) als negativ-destruktive Instrumentalisierung von falschen Nachrichten, von falschen Informationen, damit der Wahlerfolg erreichbarer erscheint – und dies macht diese ja erst so richtig zu FAKE NEWS! Macht und Herrschaft über viele Millionen Menschen winken als Megaerfolg am Ende ...!

Es ist klar, dass Halbwahrheit, Unwahrheit, Falschheit, Lüge der FAKE NEWS trotzdem jederzeit zu leugnen sind, weil das Leugnen selbst ganz einfach durchzuführen ist, zumal der politische Gegner seinerseits als Verbreiter von FAKE NEWS bezichtigt werden kann. Allzu schnell kann ein Wahlkampf zur politischen Farce werden, zumal das Ergebnis von Wahlen. Die politische Auseinandersetzung verkommt manchmal zur Schmierenkomödie …

Das reicht dann oft genug bis zur persönlichen Diffamierung, Deklassierung von Einzelnen, die den Gegnern zugerechnet werden! Die Schwächen des Menschen ermöglichen all dies – skrupellos und schamlos, ohne Toleranz, ohne Moral wird dabei meist vorgegangen. Mögliche persönliche Folgen scheinen kaum zu interessieren. Das Recht der freien Meinungsäußerung eröffnete und eröffnet weiterhin weite Handlungsspielräume. Die politische Freiheit wird bis zur Grenze des Tolerierbaren gedehnt.

Der Politiker, ohne die ethisch und moralisch untermauerte Verpflichtung zur Wahrheit, ist im Grunde kein demokratischer Politiker mehr. Er weiß, dass er nur das sagen muss, was Wähler von ihm meinen erwarten zu müssen – sie wollen nur Bestimmtes gehören, damit all das, was sie fühlen, denken und wollen bestätigt wird – der Politiker, die Partei für sie *wählbar* werden. Sie halten sich leider nicht selten für diejenigen in der Gesellschaft, die die einzig richtige, einzig mögliche Wahrheit wissen. Gezielt werden sie beliefert mit den FAKE NEWS, die sie brauchen.

Und die, die den anderen Zielgruppen angehören, werden mit diesen Nachrichten darüber getäuscht, was wirklich und tatsächlich gegeben ist. Das kann sie dazu verleiten, genau den zu wählen, der Halbwahrheit, Unwahrheit, Falschheit und Lüge verbreitet. Damit eines seiner Ziele erreichen kann: Wähler von den konkurrierenden Parteien abzuschöpfen und Nicht-Wähler ins Wahllokal zu zerren.

Heiliger Abend: Demo in Solingen

Der Winter hat ja, was das Wetter anbetrifft, noch nicht richtig angefangen … am Heiligen Abend hätte man sich schon ordentlich Schnee auf Straßen und Plätzen unserer Stadt gewünscht. Ich schlenderte an diesem *Abend der Abende* die Hauptstraße hoch, hatte gerade meine Mütze über die Ohren gezogen, als ein bebrillter Zeitgenosse, in Schaftstiefeln, auf mich zustürzte. Vor Schreck starrte ich ihn erst nur an. Er war blass im Gesicht, fragte mich ziemlich wirres Zeug, unter anderem aber auch nach dem Rathausplatz, wo angeblich eine *Demo für die Reform des Weihnachtsfestes* stattfinden sollte.

Darüber staunte ich sehr, konnte ich mir doch gar nicht vorstellen, dass am Heiligen Abend irgendjemand an so einer Demonstration teilnehmen würde.

„Absurd!", gab ich von mir. Dann erklärte ich allerdings dem jungen Mann, der so um die 20 Jahre alt und ganz blond war, den Weg. Sofort strebte er in Richtung des Rathausplatzes.

Ich war neugierig geworden, weshalb ich ihm unauffällig folgte. In der City war alles still ... 18, 19, 20 Uhr war die Zeit des traditionellen Schenkens und Beschenktwerdens in den Familien. Dann beobachtete ich, dass der junge Mann, am großen Briefkasten auf dem Platz angekommen, aus seinem wetterfesten Rucksack ein Transparent herausholte, auf dem *Für die Verteilung von Kunstschnee am Heiligen Abend in Solingen!* stand.

Nach kurzer Zeit gesellte sich eine Gruppe von Gleichgesinnten zu ihm. Sie skandierten schließlich: „Wir fordern, dass die Stadt Solingen in Solingen gratis Kunstschnee verteilt!!!"

Ich staunte nun noch viel mehr.

Im Lehrgang herbstete es

Herbstzeit. Ich saß in einem Lehrgang.

Als ich dort mitwirkte, war ich gar nicht mal so jung, schon zweiunddreißig. Die Uni hatte ich hinter mir gelassen, meine materielle Basis war fragil. Aber das war ja ganz normal in unserem Land. Im Lehrgang *Back Office heute* setzte ich meine *Lehrjahre* fort, dachte auch durchaus, später einmal beruflichen Erfolg haben zu können. Es musste nicht nur Arbeitslosigkeit warten.

Die anderen, meine Konkurrenten um das beste Begreifen der Lerninhalte und Zensuren im Lehrgang, waren fünf bis zehn Jahre älter. Es ging los mit dem engagiertesten, eifrigsten Lernverhalten: Sie kamen pünktlich, sie hoben oft die rechte Hand, um anzuzeigen, dass jetzt etwas gesagt werden soll, sie gingen auch wieder zur erwarteten Zeit, abgefüllt mit Wichtigem, denn in diesem Weiterbildungslehrgang gab es bloß Wichtiges, um nicht zu sagen das Wichtigste, was in den Fächern zu lehren war. Englisch, Französisch, Marketing, BWL und noch einiges mehr. Toll! Wirklich!

Ich war monatelang immer aufmerksam anwesend, nicht nur mit meinem Körper. Auch meine rechte Hand schoss angelegentlich hoch, denn ich musste ab und zu etwas sagen.

Ich weiß nicht mehr so genau, aber ungefähr nach zehn Monaten des täglichen Besuchens dieses Lehrgangs setzten Veränderungen ein.

Sie wollten nicht mehr, die Teilnehmerinnen und Teilnehmer! Das zeigte sich an dem, was sie sagten, und an dem, wie sie sich verhielten. Die allgemeine Stimmung sank recht tief. Einzelne Gespräche drehten sich thematisch um gewisse entdeckte Mängel, die der Lehrgang aufwies. Er war nicht mehr so erfolgversprechend. Wir kritisierten die Dozenten, aber auch uns gegenseitig.

Im Fokus der Kritik standen aber insbesondere Dozentinnen und Dozenten, die nicht für allzu kompetent gehalten wurden. Sie gingen der Schar der Teilnehmer zunehmend auf die Nerven.

Zunächst sei hier das Fach Marketing genannt. Der Dozent in diesem Fach, Boss der Agentur Schabernigge, Herr Alfons Schabernigge, 49, war jetzt angeblich nur noch am Schwätzen. Er wurde von einigen, sogar indem hinter seinem Rücken üble Bemerkungen gemacht wurden, ziemlich offen abgelehnt. Während er dozierte, wandten sich immer mal wieder ein paar von uns zur Wand oder in Richtung Fenster, um niedliche Vögel, gerade auch Spatzen zu beobachten. Auch zur Sonne. Dann waren da noch die Fußgänger auf den Bürgersteigen und fahrende Autos, vorzugsweise der Marken Porsche, Maserati und Ferrari oder auch Mercedes-Benz.

Ernst gemeinte, inhaltlich tief reichende Beschwerden gegen Schabernigge, die an die Lehrgangsleitung gingen, häuften sich beträchtlich. Es wurde in unseren Reihen über sie offen gesprochen.

Fast alle im Haus stellten schließlich seine Kompetenz infrage! Für ihn war der Herbst seines beruflichen Engagements in dem Haus eingeläutet! Er war rein äußerlich ein kleinwüchsiger, etwas schäbig gekleideter Zeitgenosse, der oft übellaunig daherkam. In seinen Gesichtsfurchen hätten Kleinkinder baden können.

Übrigens, nicht zu vergessen … da war noch die aparte, privat gesprächige Französisch-Dozentin Loren Labretzky, 39. Sie war – wie es in diversen Beschwerden hieß, aber auch gerüchteweise – mehr an den jungen Herren im Lehrgang interessiert als daran, Französisch mit dem nötigen Ernst – auf wissenschaftlicher Basis sowieso – zu lehren. Sie wurde von den Damen im Lehrgang gemobbt. Ich beobachtete dies mehrmals.

Eigentlich waren unsere Damen eher nette Zeitgenossinnen von Geistesbildung, die überall mitsprechen konnten (und wollten). Auch für Frau Labretzky war es frühzeitig Herbst geworden … schade, aus meinem persönlichen Blickwinkel gesehen, denn ich hatte etwas für sie übrig. Sie würde, dachte ich zu ihren Gunsten, sicher bald wieder eine neue, vielleicht sogar besser dotierte Dozentur erhalten.

Alles nahm einen unangenehmen Verlauf, so ich mich erinnere. Der Leiter des Hauses musste bestrebt sein und bleiben, die Dozenten zu halten, nicht ihre Verträge zu kündigen! Ersatz für Dozenten war auf die Schnelle nicht leicht zu bekommen. Das galt natürlich auch für die Teilnehmerinnen und Teilnehmer.

Ja, es war Herbst.
Letztes Jahr.

Der Verlauf dieses normalen Kalenderjahres in Mitteleuropa kündete vom bevorstehenden Ableben … Die Blätter neigten sich und fielen, und genauso verhielt es sich mit diesem Lehrgang – er neigte sich allerdings einem dramatischen Untergang zu! Natürlich ganz unplanmäßig!!

Am kritischen und selbstkritischen Grübeln kam ich natürlich nicht vorbei, jetzt dachte ich richtig nach!

„Es kann bei uns nicht so weitergehen … die Stimmung ist miserabel geworden …!", wagte ich vor mich hin zu sprechen. An dem Morgen saß ich während der Pause (im Fach Marketing – es gab immer viele, viele Pausen) allein im Raum. Die anderen berieten sich im Gang, wo sie öfter auch und gerade palaverten und tranken. Es herrschte, meinte ich sogar auf einem Zettel speziell notieren zu müssen, die Untergangsstimmung.

Alle im Haus sahen sich, meinte ich, als gefährdet an: „Da muss sich endlich etwas ändern, zum Positiven!", rief ich aus. Und Kalle, mein Kumpel aus dem Lehrgang, guckte zur halb geöffneten Tür hinein. Nickte mir freundlich zu. Er verstand meine Besorgnisse ganz gut, was all das anbetraf, von dem ich hier schreibe.

Auf einmal …

Lehrgangsleiter Dr. Dr. Magnus Herrkott – ein jovialer Mittfünfziger im braunen Rollkragenpulli mit schwarzem Tuch um den Hals – schaute bei uns vorbei, wahrscheinlich vor allem deshalb, weil er sein Gesicht zu zeigen hatte. Er war die höchste Autorität des Veranstalters im Haus, in dem noch ein paar andere Lehrgänge stattfanden.

„Bitte kommen Sie alle in den Raum!", rief er in den Gang. Allesamt strebten in den Lehrgangsraum herein, um sich zu setzen.

Hier, in der Stadt Doggershaus, besaß unser Lehrgangsveranstalter mehrere Häuser. In unserem schönen Lande eine sehr große Zahl! Sehr erfolgreich, sehr dominant!

„Sie haben schon davon gehört, dass es bei uns ein paar Probleme gibt. Das sind lösbare Probleme! Bitte gehen Sie davon aus, dass Herr Schabernigge demnächst nicht mehr in unserem Haus Marketing unterrichten wird!"

„Ach!", kam es sofort von unserer Lehrgangssprecherin Klementine, der abgebrochenen Romanistin aus Z., die Kettenraucherin war und Probleme hatte, ihr Kind jeden Morgen rechtzeitig zur Kita zu bringen.

Ihre Arroganz war allseits bestens bekannt. Und noch ein „Ach!“ von ihr.

Ich hob vorsichtig meine Hand und fragte: „Wer wird denn an seiner Stelle dozieren, Herr Dr. Dr. Herbst?“ Ein Raunen im Raum, etwa zwölf Teilnehmer waren an diesem Morgen tatsächlich anwesend. Der Dr. Dr. guckte mich erstaunt an. Er schniefte etwas. Dann fummelte er an seinem Hemdkragen herum. Weil ich genau hinsah, registrierte ich auch, wie intensiv und ausdauernd seine Nase lief. Klementine wäre ihm wohl am liebsten an die Gurgel gesprungen. Ihr Lehrgangskumpel Mike starrte den Dr. Dr. böse an, aber das tat er ja fast immer, seitdem er Teilnehmer war.

Dr. Dr. des Weiteren: „Noch haben wir keinen neuen Marketing-Dozenten an Land gezogen, aber es wird werden. Auf keinen Fall wird es Defizite geben!“ Er blieb gefasst.

„Stunden fallen aus?“, fragte die aufgebrachte Klementine.

„Das wird unvermeidbar sein!“

„Wir akzeptieren dies nicht, Herr Dr. Dr. Herrkott!“

Über Letzteres musste ich innerlich lachen, nämlich dass sie so tat, als würde sie den gesamten Lehrgang repräsentieren. Sie sprach von der Meinungsbildung her wirklich nur für ein paar Leute. Diese zeigten nun ihre Unzufriedenheit offen, indem sie lautstark protestierten.

Und unser Dr. Dr. Herrkott: „Es handelt sich voraussichtlich um ein Gesamtdefizit von sechs Wochenstunden. Das geht doch wohl noch. Wir werden alles tun, damit später alles aufgeholt werden kann.“

Schweigen.

Unzufriedene begannen plötzlich den Leiter mit Papierknöllchen zu bewerfen. Wer genau? Die Knöllchen kamen aus dem Nichts.

Dr. Dr. Herrkott versuchte, dies zu ignorieren, doch das beginnende Gelächter im Raum setzte ihm offensichtlich etwas zu.

Ich sagte zu mir im Stillen: „Der arme Mann. Wie doof die anderen doch sind …!“ Seine Autorität war jetzt nicht mehr vorhanden, wenn es sie denn je gegeben hatte. Es handelte sich um einen kleinen Aufstand der Teilnehmer, die den Mann überhaupt nicht mehr ernst nehmen konnten, ihn persönlich ablehnten.

Er ging dann hoch erhobenen Hauptes aus dem Raum. Mir kam das alles ausgesprochen einfältig von den Teilnehmern vor. Für ihn hingegen hatte ich jetzt einen gewissen Respekt übrig.

Die folgenden Unterrichtsstunden fielen aus.

Am Morgen danach, gegen acht, strömten die Teilnehmerinnen und Teilnehmer in den Unterrichtsraum der Lehrgangsgruppe. Und es wurde der Lehrgangstag mit einer *Diskussionsstunde der Lehrgangsteilnehmer* angefangen, denn wir brauchten Klarheit über die Gesamtsituation, in der wir uns befanden. Die Stimmung war gedrückt.

Dr. Dr. Herrkott hatte am Vortag auf die Beantragung dieser Stunde gar nicht reagiert, nicht einmal seine Sekretärin Frau Mühe, die schöne kühle Blonde mit den schwarzen Stiefeln, in denen sie durch die Gänge schwebte.

Die versammelten Lehrgangsteilnehmer saßen still und angeödet auf ihren Stühlen, ein, zwei starrten blöde vor sich hin. Klementine war außerstande, die Gruppe zum Diskutieren zu bewegen!

Allen war klar, dass der Dr. Dr. etwas unternehmen musste … Für fast alle von uns war dies eine von der Arbeitsbehörde bezahlte Lehrgangsteilnahme.

Wir, die armen, frechen Arbeitslosen … !

Dann staunte ich nicht schlecht, als der Dr. Dr. cool zur Tür hineinkam, um uns in sachlichem Tone Folgendes zu sagen: „Ich fordere diejenigen auf, sich zu melden, die mich mit Papierknöllchen beworfen haben! Sie werden natürlich mit Konsequenzen zu rechnen haben, denn ich habe den Vorfall der Arbeitsbehörde gemeldet. So kann das mit diesem Lehrgang nicht weitergehen …!“

Keine Ahnung?! Ein Fabrikantenschicksal

In seinem Büro sitzend, las er einen Roman, keinen Geschäftsbericht oder eine Akte. Die Sekretärin kam mit dem Kaffeekännchen und salbaderte über eher Belangloses, was ihn kaum interessierte. Er komplimentierte die freundliche Dame aus seinem Büro. Den unterhaltsamen Roman legte er aufgeschlagen auf einen Schrank neben einem Computer-Cockpit.

„Gut, gut!", gab Hansen von sich, ging zu seinem Schreibtisch zurück. Er guckte vor sich hin, als er sich setzte – ins Leere. Es bestand die Gefahr, dass er einnickt. Aber er tat dann tatsächlich etwas Sinnvolles, nämlich den Kaffee schlürfen, seinen *Onkel-Kaffee*, drehte währenddessen – mit der Tasse in der linken Hand – den alten fleckigen Fernsehapparat an, um sich die neue Krimiserie in seinem Lieblingssender anzusehen.

Wie steht's denn um die Triebe?, war der Titel dieses Werkes. Hansen starrte auf den flimmernden Bildschirm. Der zweiundvierzigjährige, etwas zur Korpulenz neigende Fabrikant kam sich in diesem Moment wie ein Erhabener vor, der der Welt die Stirne bieten konnte. In den Charakteren dieses TV-Schmachtfetzens konnte er sich sogar wiedererkennen, im Alltag dieser *großartigen* Menschen, wie er gegenüber seiner Sekretärin Uschi Umlauf-Gegner schon ein paar Mal beteuert hatte. Sie musste darüber immer lachen. Aber er fand das ja so gar nicht komisch!

In seinem Ledersessel vor dem Schreibtisch, in Blickrichtung des Fernsehapparats, genoss er die Handlung, und es entwich ihm ein Lächeln der Zufriedenheit. Natürlich verschlabberte er Kaffee. Zögerlich setzte er die Tasse auf den Teppichboden links unten.

„Diese Folge ist die beste, die ich je gesehen habe!", stellte er im Tone des Sachkundigen fest. Sitzfleisch hatte er. Vor seiner Tür hörte er dann eine laute Auseinandersetzung zwischen seiner Sekretärin und einer Dolmetscherin aus der internationalen Abteilung seiner Unternehmung. Er war ja Exporteur/Importeur für die Waren, die die Menschen kaum benötigen. Sie sollen hier nicht in einem Begriff zusammengefasst werden.

„Müssen die sich schon wieder …!?" Denn viel lieber als diesem Streit zuzuhören, gab er sich den erotischen Entäußerungen der Serienfolge hin, denen er nun ganz fasziniert folgte.

„Die sollen endlich mal aufhören ...!“, tönte er schließlich verärgert, allerdings nur gegen den Bildschirm.

Die Serienfolge unterhielt ihn immer noch prächtig. Nur zu gerne hätte er sich in den Fernseher gestürzt, um mitzuspielen, doch dafür war er viel zu zurückhaltend. Zumal intelligent und weise genug, um der Verführung durch TV-Illusionen zu erliegen. Er wurde plötzlich etwas nachdenklich, begann sogar zu reflektieren, was ziemlich selten vorkam. Dachte: „Arbeit? Was ist mit meiner Arbeit?“ Seine Arbeit in der Unternehmung galt ihm durchaus etwas. Weil er sie tat, konnte er schließlich ganz gut leben.

Seine Sekretärin saß inzwischen wieder auf ihrem Arbeitsstuhl und tippte einen Brief ab, den er am selben Morgen in seinen digitalen Rekorder gesprochen hatte. Als eine Mittfünfzigerin war sie froh, einen Job wie diesen zu haben. Wenn ihr Chef in den Streit schlichtend eingegriffen hätte, so hätte sie sich seinem Worte gefügt, warum auch nicht?! Die Dolmetscherin war längst in einem anderen Raum.

All dies war Alltag, mit ihm musste der Fabrikant leben. Seine Angestellten mochten es zu arbeiten und das Lebensglück insgesamt herauszufordern! Alltag: normal!

Fabrikant Hansen war ein Denker, der tatsächlich, so wie im Augenblick, immer wieder intensiv über alles Mögliche reflektierte, sogar gewissenhaft. Vorerst jedoch war das Reflektieren beendet. Er blickte sich kurz um. In seinen philosophisch-ökonomischen Manuskripten, welche er bis auf Weiteres in die unterste Schublade seines Büroschranks gelegt hatte, wollte er jetzt mal ein bisschen graben! Daher entschloss er sich, aufzustehen. Er eilte auf diesen offenen Schrank in seinem Büro zu, um die Schublade aufzuziehen. Staunte sogleich, denn die dieselbe war ja leer! Irgendwer hatte seine Manus gestohlen!? Wütend wurde er wegen dieses Verdachts! Sie waren es, die für ihn öfter abgründige Gestaltungen seines *Da-Seins* waren. Er gefiel sich nämlich als Schriftsteller.

„Jetzt brauche ich einen Cognac!“, entfuhr es ihm. Angelegentlich hatte er höchsteigene, verwegene Gedankengänge – augenblicklich realisierte er einen Abgrund des Gedankens und des Gefühls, dieser kam näher und näher, erschreckend schnell, um dann doch wieder zu verschwinden.

„Hallo, Herr Hansen, Chef!“, hörte er aus dem Vorzimmer.

Was nahm sie sich heraus? Er wurde wütend. Ja, seine Manus waren die Zeugen seines Lebens, des holprigen Laufes seines Lebens, all seiner emotionalen und geistigen Inhalte. Was für ein Leben, Dasein! Jetzt waren sie einfach weg, die niedergeschriebenen Ergüsse seines Geistes, die ihn – jedenfalls ihn! – ausfüllen konnten und für ihn immer wieder eine Anregung darstellten. Sinngebung fand so nämlich statt. Sie waren seine Vergangenheit, Gegenwart und Zukunft.

Alles im Leben ließ sich nämlich kreativ verarbeiten. Die Signale waren auf vorwärts gestellt. Jedoch jetzt stand ein riesiges Stoppschild vor ihm! Die Literatur hielt ihn am Leben. Das war klar. Wenn jemand diese Manus stahl, so musste es Gründe geben, die im Absurden zu suchen waren. Vielleicht wollte jemand den Erpresser spielen. Oder, dies war auch möglich, irgendein Naiver gedachte der Möglichkeiten des Dichter-Unternehmers und hatte die ökonomische Verwertung der Manus im Auge? Ach du meine Güte!?

Zurück zu dem, was ihn anregen konnte, vielmehr anheben – wohin auch immer: Die Hochstraße seines Lebens war ja wirklich großartig, wenn er sie mit seinen Reflektionen literarisch erfassen und verarbeiten konnte! Der Alltag als höchstmögliche Form der Trivialität. Besser als sonst! Und: die Arbeit des Schriftstellers, um Trivialität zu bekämpfen. Auch besser als sonst! Ein kleines Universum des Eigenen wurde von ihm nach innen und außen gestaltet. Nichts kam, ohne dass er es in sich kritisch aufnahm. So errichtete er tatsächlich eine rationale, fantasievolle Zwingburg seines Inneren, um dieses Innere mit Problemen unten zu halten … Das Äußere, repräsentiert vor allem von sozialen und ökonomischen Zwängen, wurde nach innen gedrängt und dort *repariert*!

Die Sekretärin hatte ihren Chef gerufen, was seltsam genug war. Nun lärmte sie scheinbar ohne Grund. Was sollte das? Es wurde Hansen jetzt zu bunt. Er schoss in das Vorzimmer, blickte sich währenddessen sehr schnell um, wollte sofort zupacken und sie aus dem Büro werfen! Jedoch stand er dann ruhig dort und lauschte einfach in den Raum hinein, wo seine Kraft lediglich am Schreibtisch vor dem PC-Monitor saß und tätig war. Sie bemerkte ihren Arbeitgeber zunächst gar nicht, weil sie in das, was sie tat, sehr vertieft war: ins Lesen. Sie las enorm konzentriert, stieg in das Reich der Fantasie des Autors ein ...

Sie war mit einer wichtigen Arbeit befasst. Mit Unerklärlichem, Unheimlichem, Wahnsinnigem, Seltsamem, Kriminellem. Wollte sicher jetzt auf keinen Fall gestört werden! Sie sprach vor sich hin … da passierte es: Fremde Mächte agieren in diesem rasanten Text, der Herrn Hansen als etwas ganz Gelungenes galt. Es war ja auch sein eigener Text. Seine Sekretärin erfuhr nun von allem, was sich in ihm begab.

Herr Hansen war höchstselbst der Held in der Geschichte, die seine Sekretärin förmlich verschlang. Wahrscheinlich hatte sie niemals zuvor Rasanteres gelesen, am liebsten wäre sie in Jubel ausgebrochen!

„Diese Frau kommt in den Genuss meines genialen Werks, ich glaube es nicht!“, sagte nun erhellend Herr Hansen, als er unmittelbar hinter ihr stand und sie am liebsten vom Arbeitssessel gestoßen hätte.

„Herr Hansen …!“, sprach sie, als sie ihn endlich bemerkt hatte.

Er schnaufte hierauf nur. „Ja!“

„Ich lese etwas, von dem ich nicht geglaubt hätte, dass es möglich wäre!“

„Ach ja …!“

„Das haben Sie verfasst?“

„Ich denke schon!“

Im Freien, in welches sich Herr Hansen nun begab, pladderte es aus dem herrisch-abstoßenden Blaudunkel eines heftig rebellierenden Himmels. Er war so ein Boss, ein Boss. Er kommandierte. Wohl war er einer, der den Regen gewohnt war und mit ihm auskommen konnte, wenn er anscheinend eine Notwendigkeit darstellte. Die Vernunft eines immer noch suchenden Menschen nahm in ihm ungewöhnliche Form an: Er sah sich selber als ganz speziellen Boss!

Dieser Herr Hansen war nun einmal der Eigentümer der Bonbonfabrik, daran war nicht zu rütteln. Wer hätte denn auch daran rütteln wollen? Allen ging es gut. Allen ging es gut! Den Fabrikanten bewegte alles Literarische, das der Normalität teilweise Entrückte, dem er sich viel verbundener fühlte als allen anderen Erscheinungen auf der Welt. Er blickte auf seine Angestellten hinab, aber im Geiste seiner fantasiegeprägten Literatenexistenz, die er recht heimlich führte, war er einer von denen, die die Wissenschaft zum Ideal erhoben haben; die Gerechtigkeit ebenso. Sie sind große Menschen, die ihre großen Gedanken in Textform gießen, um sich in dem Niedergeschriebenen existenziell zu begegnen. So einer musste er sein und bleiben. Unbedingt!

Im Regen. Ohne Schirm. Schnell war er durchnässt, erschöpft auch. Er wurde schwerfälliger im Gehen. Für seinen Beobachter war er ein Dr. Merkwürden. Und beide waren sie gewiss nicht auf ein und derselben Wellenlänge im Denken und Fühlen. Das gewiss nicht! Der Fabrikant furzte plötzlich recht laut, und sein Beobachter gruselte sich deshalb, diesem kam hier nichts angenehm, unterhaltsam oder gut vor. Der Beobachter trug keinen Namen, hatte aber eine ganz bestimmte Aufgabe übertragen bekommen, nämlich Herrn Hansen in seinen letzten Lebensmonaten zu begleiten. Es war etwas Bedeutsames. Der so begleitete Herr Hansen schätzte seinen Beobachter aber keineswegs!

In das Gesicht des Fabrikanten verirrte sich ein müdes Grinsen der Teilnahmslosigkeit an der sozialen Umwelt, die sich rein mengenmäßig in dieser Zeit des Gehens drastisch verringerte, später aber wieder stark ansteigen sollte.

Immerhin kam er vorwärts.

Der Fabrikant wollte kein Fabelwesen sein, kein gebeutelter Abhängiger, kein stellungsloser Arme-Leute-Poet, kein Held der Arbeiter, kein Baufacharbeiter!

Klarheit über Sprache und Erziehung

Klarheit über das, was wirklich gegeben ist – angesichts der möglichen Sinnlosigkeit menschlichen Entscheidens und Handelns – braucht unsere Zeit. Wir leben nämlich in einer Zeit, die im Sog der rasanten Entwicklungen zu versinken droht. Blinder, vorwiegend am wirtschaftlichen Erfolg orientierter Fortschritt führt zum moralisch-ethischen Stillstand, wenn der Erfolg nicht auch ausreichend sozial organisiert und sicher in friedliche Bahnen gelenkt wird.

Nach der Klarheit, wie sie hier gemeint ist, sollte man eben auch deswegen streben, weil sie beim gegenseitigen Verstehen der Menschen helfen kann. Dies ist erforderlich, damit schon die kleinen und großen Katastrophen des Alltags vermieden werden können. Dieses gegenseitige Verstehen führt dazu, dass Menschen Toleranz entwickeln und im Alltag anwenden.

Die deutsche Muttersprache spielt in diesem Zusammenhang eine große Rolle: Eindeutiges, tiefes Verstehen ist ohne muttersprachliche Kommunikation nahezu unmöglich!

Diese Kommunikation zum Zweck eines gegenseitigen Verstehens bezieht sich auf den Einzelnen in seinem konkreten Lebenszusammenhang, aber auch auf das ganze Gesellschaftsleben. Um die Erziehung der Jugend geht es dabei auch und besonders! Über Sprache und Verhalten werden im Rahmen der Erziehung und im Alltagsleben alle relevanten Sinninhalte, Bildung und Praxiskompetenzen vermittelt. Erreichbare Handlungsziele werden für den jungen Menschen erkennbar. Sie fordern einfach zum positiven, zielorientierten Handeln auf. Der für Erziehungs- und Bildungserfolg so wichtige Schulbesuch erscheint als unabdingbare Notwendigkeit.

Sprache ist in diesem Zusammenhang viel mehr als nur ein Mittel, sie ermöglicht es, kritisch mit Menschen und Dingen umzugehen. Durch Sprache werden Probleme gesehen und benannt, möglichst auch analysiert und gelöst.

Und gerade das gründliche, umfängliche Erlernen der Muttersprache trägt wesentlich dazu bei, in allen Lebensbereichen erfolgreich sein zu können – das gilt für jede individuelle Entwicklungsperspektive.

Natürlich sind Lernvorgänge nicht immer einfach zu bewältigen, was erst recht für eine kompetente, alles umfassende und erfolgsorientierte Erziehung spricht, die aber eine große Herausforderung für die Verantwortlichen darstellt.

Von Kindern und Jugendlichen werden angesichts dessen Sinnfragen gestellt, was mehr als legitim ist. Sie können beantwortet werden. Es ist jedoch so, dass manche Kinder und Jugendliche mit den Antworten bzw. Bildungsinhalten geradezu *überfüttert* werden, weshalb wohl bisweilen gedacht wird, im Besitz von genügend Erfahrung, Bildung und Weisheit zu sein, die qualifizieren, um über Altersgenossen und alle anderen moralisch zu richten. Eltern bemühen sich übrigens nicht selten, Kinder nach ihrem Ebenbild zu formen, aber sicher auch, um einfach den sozialen Normen zu entsprechen. Sie müssen jedenfalls ihren Kindern Grenzen setzen. Negativ-destruktive Mittel und Methoden taugen dafür nicht.

Neben Erziehungskompetenzen sind Initiative, Fantasie in der Sache und Engagement für die Sache gefragt! Allenthalben wird deutlich, dass mit der herausfordernden Erziehungsarbeit nicht jeder gut zurechtkommt. Kinder können ihren Erziehern entgleiten – antisoziales Verhalten droht. Kriminalität sogar.

Gerade die Jahre der Erziehung von Kindern und Jugendlichen sind individuell unterschiedlich mit Problemen belastet, für deren Lösung die für die Erziehung Verantwortlichen zuständig sind – sie entscheiden sich zwischen Laissez Faire und autoritärem Erziehungsstil.

In unserer Gesellschaft sind die inhaltlichen Ziele der Erziehung unterschiedlich sprachlich ausformuliert, da vom Staat außerhalb des öffentlichen Bildungssystems nicht vorgeschrieben. Eben auch die Eltern formulieren sie, womit sie ihnen den Sinn verleihen, den sie in ihnen sehen möchten – als gewissermaßen kreativ Tätige, die wollen, dass später arbeitsame Bürger für das Gemeinwesen ihre Beiträge leisten können!

NIX und die anderen

Hier steht es schwarz auf weiß geschrieben: NIX.

Keiner liebt das, aber bei dem einen oder anderen ist es so, dass er bekennt, vielleicht sogar öffentlich: NIX.

Dieser hier bekennt es tatsächlich öffentlich!

Dafür sei er allerdings nicht gelobt. Kein Mensch käme darauf, es auch nur gutzuheißen. Keiner! Und ein Lob käme niemals in Frage. Es gibt dafür keinerlei Akzeptanz. Es wäre lächerlich, das auch nur in Gedanken positiv zu erwägen!

Sie ... sie sind alle viel zu unmenschlich und viel zu egozentrisch, auf Erfolgserringung und Erfolgserhaltung ausgerichtet.

Es wird noch lange dort geschrieben bleiben. Denn dieser hier ist so frei, es dort geschrieben zu lassen. Hartnäckig, widerstandsfähig.

NIX!

Wir möchten nicht, dass viele Menschen so denken und sich so verhalten wie er. Im Grunde ist er auch bloß unmenschlich, will aber glauben machen, er sei das Gegenteil davon. Er hasst die Menschen, befürchten wir. Ganz und gar passiv-unnütz ist er als ein Bürger.

Wir meinen, dass er sich ändern muss, um unter uns leben zu können – *können* bedeutet, es könnte sein, dass man sich seiner in Bälde entledigt. Wir wissen vom großen Widerstand gegen ihn, der sich in Gestalt von persönlichen Feinden hinter seinem Rücken formiert hat. Von denen weiß er vermutlich bislang nichts. Vielleicht ahnt er aber irgendetwas.

Es kann eigentlich nicht so weitergehen mit ihm.

Was passiert augenblicklich? NIX.

Vielleicht ist das noch gut für ihn, er kann sich vorbereiten auf den Tag X.

Was wird bald passieren?

NIX: Keiner wird sich für ihn interessieren, weder privat noch beruflich, denn das Persönliche ist den anderen im Grunde ganz gleichgültig.

Das wissen wir durchaus, kennen wir doch die anderen, die ihn kritisieren könnten, wenn sie es wollten. Doch er ist ihnen, wie gesagt, gleichgültig. Vielleicht könnte er ein paar Lacher verursachen, mehr könnte da aber nicht sein. Sehr wahrscheinlich interessiert er noch nicht einmal als ein Verursacher von Lachern.

Verdammt ..! Es soll sich doch irgendeiner für ihn interessieren, – ja, irgendwie schon ...!? Dies wissen wir allerdings auch! Die Vorbereitungen wären wohl umsonst gewesen!

Und auch diese Worte werden nicht von den anderen gelesen, nicht gehört von Zuhörern, falls sie vorgelesen werden würden. So ist das. Wir haben dies niedergeschrieben im Wissen darum, dass nur wir es lesen. Natürlich ist das ein bisschen schade.

Ist das nicht eine große Mäusescheiße für ihn? Ja.

Er wartet, was wir genau sehen und hören können. An die Wand lehnt er sich an, steht wacker da. Er ist am Warten. Geduld hat er! Dass seine Schuhe am Knirschen sind, sobald er die Wand verlassen hat, ist einfach hörbar! Wahrscheinlich empfindet er dieses Geräusch als eine Qual. Sein Gesicht ...

Irgendwelche Kritiker warten gleichfalls – wie wir vermuten müssen – eben doch auf irgendeine Art und wo auch immer, warten vor allem darauf, dass er sich eine Blöße gibt. Letzteres ist auch nur eine Vermutung.

Wir vermuten: Sie sind krank vor Neid und Eifersucht – und sie wollen den großen Erfolg, indem sie ihn tot kritisieren. Das, so heißt es hin und wieder, sei ihre wichtigste Aufgabe.

Tot kritisieren! Mensch, ist das blödsinnig!

Politische Visionen

Wir wagen uns hier an ein Thema – das Thema heißt *Politische Visionen* – heran, das in der Öffentlichkeit kaum thematisiert wird, da es eben bloß etwas Weltfremdes sei, dem niemand größeres Interesse entgegenbringen müsse. Das ist allerdings falsch.

Politische Visionen sind dazu geeignet, dem Menschen den Alltag offen zu halten. Die politischen Visionen weisen besonders in die ferne Zukunft der politischen und gesellschaftlichen Ordnung. Sie sind mit der politischen und sozialen Utopie verwandt.

Übrigens: Die (Welt-) Fremdheit, die der realen Tatsachenwelt der Gegenwart gegenüber besteht, ist in Wirklichkeit die Nähe dem menschlichen Individuum gegenüber als eines offenen Wesens zusammen mit anderen offenen Wesen – mit einem gewaltigen individuellen und kollektiven Entwicklungspotenzial.

I. Mit politischen Visionen

a.

Keine inhaltlich aus politischen Vorstellungen bestehende Vision ist ohne individuellen und gesellschaftlichen, gerade auch politischen Nutzwert. Das seit hier als These in aller Deutlichkeit an den Anfang gesetzt.

Insbesondere die verschiedenen politischen Visionen über das, was Menschen als sehr wünschenswert bezüglich neuer Ordnungen und Systeme vor Augen steht, scheinen jedoch vielen Zeitgenossen auf den ersten Blick ohne diesen Nutzwert zu sein – ganz und gar überflüssig.

Gerade die inhaltlich anspruchsvollen politischen Visionen, die für viele Mitmenschen nicht leicht nachvollziehbar sind, weil die Verhaftung mit der Tatsachenwelt und der Realität, also dem Bekannten und Vertrauten, zu fehlen scheint, gelten diesen Mitmenschen als viel zu schönfärberisch und auch ausgesprochen weltfremd. Sie seien etwas *bloß* in die Zukunft Weisendes, wo aus der Gegenwart heraus gesehen in Wirklichkeit nur Ungewissheit sei.

Des falschen oder fehlenden konstruktiv-realistischen Gehalts scheinen sie von den Mitmenschen überführt zu werden, – auch gelegentlich *ins rechte Bild gerückt*, wo jedermann sieht, was sie bedeuten dürfen.

Oft werden Visionen sogar offen als unsinnig bezeichnet. Dann wird ihnen jede Existenzberechtigung abgesprochen. Deshalb werden sie einfach ignoriert oder missachtet. Das ist die bequemste negative Verfahrensweise, um sie loszuwerden. Natürlich sind dies einseitig negative Wertungen, die nicht zutreffen.

Politische Visionen bedeuten mindestens den hinweisenden Fingerzeig in diese oder jene Richtung des Sich-Entwickelns einer Gesellschaft mit ihrer politischen Ordnung, die der politischen Visionen, aber letztlich auch einer konkreten Utopie bedarf, was jedoch, falls Visionen (oder eventuell eine konkrete Utopie) ins Bewusstsein politisch unbedarfter Einzelner treten, von vielen Mitmenschen negativ bewertet wird.

Dagegen sei politisch mit Entschiedenheit vorgegangen. Man muss als politisch kritisch denkender Mensch aufrichtig versuchen, eine Mobilisierung von politisch-praktischen Gedankengängen zum Entstehen zu bringen.

b.

Innerhalb des kalkulierenden Politischen in den Sphären der Macht und der Herrschaft mit in Parlamenten vertretenen politischen Parteien wird das Visionäre, das das gesellschaftlich unter anderem Gegebene der Gegenwart kreativ übersteigt leider überwiegend negativ sanktioniert.

Was sich am Horizont der Zukunft zeigt, um in der Gegenwart gegen das Gegebene öffentlich aufzutreten, wird diffamiert.

Wir leben in einer Gesellschaft, in der politische Diffamierung und politische Diskreditierung gang und gäbe sind. Das klingt überzogen hart, ist aber die Wahrheit, so es denn um politische Visionen, Utopien und alternatives Denken geht, die nicht oder nur selten politisch mehrheitsfähig sind.

Das Gros der menschlichen Individuen, die in einer demokratisch geprägten Gesellschaftsordnung leben, diffamiert Visionen oft, was vor der Diskreditierung der visionären Persönlichkeiten nicht haltmacht. Diskreditierung, aber auch und gerade die Ignorierung der visionären Persönlichkeiten gehören durchaus zusammen. Das scheint der Stabilisierung der Gegenwartsgesellschaft dienlich zu sein.

In der Wertschätzung derer, die diese Gegenwartsgesellschaft hoch schätzen, gerät die Diskreditierung der visionären Persönlichkeiten zur

Selbstverständlichkeit im Sozialverhalten. Es kommt zu einer sozialen Blockade, der die politischen Visionen, die über das Gegebene weit hinausweisen, direkt gegenüberstehen.

Die Strategien zur sozialen Stabilisierung sind das Selbstverständlichste in der Gegenwartsgesellschaft. Sie werden von dieser hervorgebracht. Keiner kann sich ihnen entziehen, denn auf ihnen basieren die systematischen Ausgrenzungen derer, die unter anderem visionär sind, die das aber nicht sein dürfen.

Politische Visionen zu haben gilt auch in unserer Gegenwart nicht gerade als ein Verbrechen, doch es ist angeblich politikuntauglich. Und wer möchte sich einer Eigenschaft (der visionären Eigenschaft) bedienen und sich so auch selbst vertrauen, wenn er im Anschluss daran mit Gewissheit der sozialen Ausgrenzung anheimfallen muss?

Natürlich wissen politische Kräfte des Konservativismus geschickt jede Begrifflichkeit zu ihrem politischen Vorteil auszunutzen, insonderheit sind alle erdenklichen *Wahrheiten* und *Visionen* in der politischen Programmatik gefragt.

Es ist durchaus allgemein üblich, politische Visionen, die weit vom Gegebenen in Gesellschaft, Wirtschaft und Politik wegführen, auch in der Öffentlichkeit konsequent so zu bewerten, dass sie nichts gelten können.

Der politische Bereich ist übrigens nicht isoliert von den anderen Teilen der Gesellschaft zu sehen, doch hat er ein gewichtiges Eigenleben, seine eigene Dynamik, der die Visionen natürlich keinesfalls gehorchen dürfen.

Leider ist es nahezu allerorten so, es wird geredet: Für sie soll kein Platz mehr in der durchrationalisierten gegenwärtigen Gesellschaftsordnung sein. Überhaupt ist es die triumphierende Rationalität, der man Achtung entbieten soll.

Rationalität bedarf also, wie es scheint, kaum mehr einer Erklärung. Sie ist die pure Selbstverständlichkeit im menschlichen Leben, absolut notwendig im Denken und Handeln des menschlichen Individuums – gilt als die Voraussetzung zur Perfektion des Denkens (eine Variante der Perfektion des Denkens)! Es heißt, dass man sich ihr mit dem, was im Kopf ist, bestmöglich anzupassen habe.

Sie sei der wichtigste Teil des historisch in der Gesellschaft Gegebenen, dasselbe sogar zeugend, woraus durchaus kein Notstand entsteht, der Erklärungen nötig macht, sondern bloß ein Sich-Zufriedengeben mit dem Gegeben-Sein, also konkret den vorhandenen Zuständen und Dingen, die wir über unseren individuellen Wahrnehmungsapparat vorzufinden in der Lage sind. Die Zeiten, so behauptet man routinemäßig, seien nicht danach, etwas gegen die Rationalität zu tun, schließlich sei es doch klar, dass ohne sie die menschliche Gesellschaft nicht fort existiert.

Aber wir bezweifeln, dass dies einen tieferreichenden Sinn haben kann. Politische Visionen, die der kalten, beherrschenden, aber nicht beherrschbaren Rationalität entgegenstehen, schenken den Menschen eine greifbare Zukunft, denn die Ferne ist im Grunde immer die Nähe. Es ist dies die Nähe des subjektiven Meinens und Wollens, das durch Visionen wesentlich angereichert werden kann. Das Darüber-Hinaus wird durch Visionen mit ermöglicht.

Allein der Fakt, dass sie das gesellschaftliche und politische Dagegen mit begründen helfen, – einem Dagegen, dem wir begegnen, um uns an ihm zu reiben oder mit ihm zu ziehen, verursacht Ignoranz bei den Gegnern der Gegner der Rationalität.

Es wird nicht erkannt, dass Visionen einfach sinnvoll sind. Die ach so überzeugten Verteidiger der politischen und gesellschaftlichen Ordnung der Gegenwart, wie sie sich selbst am besten gefallen, können nicht umhin, allem Schrägen und Unüblichen, als das sie auch und gerade Visionen bezeichnen, die Anerkennung zu verweigern.

II. Visionen in positiver Wirkung

Visionen gehören angeblich nicht ins Programm der wirklichen Weltlichkeit, des *Richtig-Seins* – täglich und anscheinend für immer favorisiert. Doch immer wieder könnte eine Vision individuell oder auch kollektiv zum Tragen kommen und die gegebene Ordnung auch in den Grundlagen gefährden. Die zu beachtenden sozialen und gesetzlichen Normen in Gesellschaft und Staat verbieten (indirekt) die Anerkennung der Visionen, weil sie Gewesenes und Gegebenes mit hochgradig gefährden können – nichts ist politischen Visionen heilig, denn sie sind selber heilig. Sie werden von politisch mitdenkenden und handelnden Individuen, wenn praktisch möglich, gezielt politisch eingesetzt.

So kann die fundamentale Kraft der Visionen zur sozialen und politischen Veränderung der gegenwärtigen Ordnung wesentlich beitragen. Im politischen Bereich gelingt es ihnen noch am ehesten, hohe Geltungskraft zu entfalten.

Die heutige *funktionierende* Politik im Rahmen des repräsentativen Parlamentarismus befindet sich in einem Leerlauf des allzu selbstverständlichen scheinbar Immerwährenden. Sie muss durch ein entkrampfend unerbittliches Visionäres bereichert werden. Das politische Visionieren als individueller Vorgang, der sehr kreativ und innovativ ist und nur vom Einzelnen zur praktischen Entfaltung gebracht werden kann, muss voll zur Geltung kommen – wie nie zuvor. Eine derartige Geltungskraft war zuvor nicht möglich, weil durch die falsche Radikalität des Enthebens des Visionären aus dem politischen Gegenwartshorizont alle Gesellschaft in ihren konkreten Gestaltungen entmündigt worden war.

Im real-konkreten Versuch des Zur-Geltung-Bringens der Visionen sind Visionen, das Visionäre und das Visionieren des Visionärs in höchster Konkretion gewaltige Herausforderungen an das Denken der Individuen. Sie sind nicht selbstverständlich zu bewältigen. Immer ist daran zu arbeiten. Hierin liegt der neue tatsächliche Sinn politischen Handelns, – aber auch des Tätig-Seins im Rahmen von Berufstätigkeit und Freizeitaktivität.

Der Einzelne wird noch am ehesten zum wahrhaftigen Menschen, indem er Visionen ganz gezielt nur zu seinen Gunsten mobilisiert und anwendet. Visionen können zu enorm sinnhaften (politischen) Instrumenten eines individuell bestimmbaren Handelns werden.

Der Visionär und sein Visionieren sind ja ohne das Denken darüber gar nicht in der politischen und sozialen Praxis realisierbar: Insbesondere der soziale (besonders auf die Politik bezogene) Geltungsbereich von einem jeglichen visionären Denken muss geschaffen und schließlich stark erweitert werden. Nichts darf dem entgegenstehen, denn nur eine überzeugte Erweiterung des Einflusses seitens eines visionären Denkens erbringt das, was man gemeinhin auch hin und wieder als gesellschaftlichen Fortschritt bezeichnen möchte.

Jeden Fortschritt gibt es, weil es unter anderem auch die Visionen in ihrer gewaltigen Sinnhaftigkeit gibt.

Die Kritik an diesem Konzept, das ein Teilkonzept des politischen und sozialen Handelns ist, ist unüberhörbar.

Es wird mittels des Visionierens versucht, alles Neue in Politik, Gesellschaft, Wirtschaft und anderswo zu initiieren, indem es als eigenständiger Wert begründet und zur gesellschaftlichen Tatsache wird, die nicht leicht entfernt werden kann. Schon die Aussicht auf Realisierung des Wertes, der zur Tatsache werden wird, reicht aus, um Einzelne von den jeweils praktizierten politischen Visionen zu überzeugen.

Allerdings fällt es vielen Menschen immer noch schwer, neue oder wenigstens versuchsweise neue Gedanken zu akzeptieren. Deshalb sind negative Versuche erhellend, die die Diffamierung der Visionen, des Visionierens und des Visionärs in der Gesellschaft als Kritik tarnen. Aus vielen Mündern tönen kritische Sätze, deren Inhalt wenig Erhabenes verspricht, schon gar nicht zum politischen Handeln anleiten könnte. Diese leidliche Kritik wird zu einem gesellschaftlich und politisch Hemmenden, dem man mittels des Visionierens gewiss zur rechten Zeit zu begegnen hat! Allerdings gilt es, nicht zu viel zu riskieren.

Wer als dagegen Stehender der Anti-Visionen-Kritik durchaus mächtig ist, handelt dem Schein nach immer richtig, weil er sein Handeln als normal und damit als gut bezeichnen kann. Er weiß es zu seinen Zwecken gut einzusetzen, verkauft es bestens in der Öffentlichkeit als das Richtige und Beste, kann während seiner politischen und sozialen Tätigkeit als Person glänzen.

Dies fällt ihm leicht. Dieser Kritische ist, wenn er fähig ist, sehr emsig, geistig ungeheuer rege; er wirkt nicht in Maßen.

Die Herrschaft der etablierten Kritik, die sich im Kreis dreht und leider nichts bewirkt, ist fast allumfassend. Es scheint so zu sein, dass ein kämpferisches und totalisierendes Visionieren ausreichend wäre, wodurch dann diese Form der Kritik beherrscht werden könnte. Doch diesbezüglich kann man sich nicht sicher sein.

Jede Gesellschaft braucht den Feind, den sie bekämpfen kann. Aber glücklicherweise wird von Feindes Seite aus nicht so einfach etwas ins Kalkül gebracht, was sich dem Visionieren lange erfolgreich entziehen könnte.

Der gegenüber den politischen Visionen ablehnend eingestellte Mensch findet als ein gesellschaftsfeindlicher Kritiker viele auf analytischem Denken beruhende Gedanken, die jedoch keineswegs geeignet sind, einen wahrhaft gegen das Gegebene eingestellten Menschen hinsichtlich des Inhalts nutzbringend zu befruchten. Es ist zweifelsohne so, dass die innovative Sammlung von politischen Visionen das einzige mögliche Potenzial gegen die Werteskalen der bestehenden politischen Ordnung sind.

III. Visionen und Moral

Gegen die Oberflächlichkeit von kritischen Beurteilungen und gegen Anti-Visionäres jeder Art muss man sich entschieden wenden.

Im Verein mit der politischen Moral, welche sich weitgehend über das politisch, sozial und ökonomisch Gegebene erhebt, wird ein jeglicher Visionen-Katalog zu einem wichtigen Instrument des Kampfes gegen das, was sich beständig gegen Veränderungen wehrt. Es gelingt jedoch anscheinend kaum, dagegen anzugehen. Die Massen der Bevölkerung, die sich wie Herren gerieren, lassen ungern von ihrem destruktiven Tun ab. Sie sind negativ-auffällig, aber verflachen mit Sicherheit in Denken und Handeln. Das soll nicht heißen, das elitäres Denken, Handeln und Verhalten an den Tag gelegt werden sollte. Anstatt elitär zu sein, könnte man sich der politischen Moral bedienen. Sie ist von wesentlicher Bedeutung.

Die politische Moral, in welcher die Unbestechlichkeit des Menschen und Zielhaftigkeit desselben im politischen Denken ganz entscheidend sind, bedarf der vorwiegend nützlichen Gedankenkreise und dazugehörigen argumentativen Linien mit substanzhaltigen philosophischen, politischen und sozialen Inhalten, die partiell vor einer gewissen Amoralität nicht zurückschrecken.

Moralisches politisches Handeln muss eventuell auch amoralisch sein, um eine bewusste Veränderung in Staat und Gesellschaft herbeizuführen, sodass konservatives Bewahren, welches bei vielen Politikern der Gegenwart als Wertbegriff vorhanden ist, in seine Grenzen verwiesen werden kann.

Es besteht nämlich die Gefahr, dass das konservative Bewahren zu viele Grenzen der politischen Moral überwindet – konservatives Denken kapselt ein, es fördert weder Initiative noch die Herstellung von nützlichen, weil motivierenden Visionen, vielleicht auch bloß diversen Illusionen über das gesellschaftlich Mögliche, das da kommen kann, welche sich auf das Gegebene beziehen.

Übrigens: Sogar Illusionen können nicht nur entzücken, sondern sie können tatsächlich politisch mobilisieren. Ein Katalog von Visionen kann stets dazu beitragen, einen deutlichen Fortschritt in der Politik hervorzurufen, welcher möglichst viele Individuen zum politischen Reflektieren als auch Handeln anregt.

Man muss sich darüber klar werden, dass politische Moral, die das Beste für die Individuen, die Bevölkerung beabsichtigt, gegen den Konservatismus eine Wehr bilden muss. Dies ist schon sehr abstrakt und einfordernd, jedoch auf der anderen Seite durchaus realistisch. Es wird der Tag kommen, da es so weit ist, die Möglichkeiten des visionären politischen Denkens voll ausschöpfen zu können. Noch ist in der Tat dieser Tag nicht gekommen.

Es wird sich womöglich jeder konservative Gedankenstrang der politischen Moral sowie des politischen Visionären versichern (und viel mehr), um sie eiskalt als Mittel zu benutzen.

Visionen können ein Beitrag dazu sein, die Klarheit der gesellschaftlichen und politischen Verhältnisse erst zu schaffen, da sie doch so lange Zeit verschüttet gewesen sind. Und Visionen sind alles andere als eine dunkle Macht, die die Menschen verführt. Sie haben die Macht, Einzelne zu beeinflussen, die sonst in den Tag hinein dämmern würden, weil sie keine Alternativen zum Gegebenen sehen. Visionen sind zutiefst demokratisch, denn sie können die Menschen und Politiker für sich einnehmen. Beeindruckend sind die Chancen, die die Visionen dem, der sie vor sich sieht, präsentieren. Sie sind die Anbieter des Besseren, die Vorstufe zum Erkennen und Verwenden der konkreten Utopie.

Zur Realität der Leistung in der Schule

Es muss nicht immer so vieles als weniger wichtig abgetan werden, überhaupt gilt es, gelegentlich Eindrücke in der Erinnerung zusammen zu fassen, um sie dann kritisch beurteilt wiederzugeben.

Was uns irgendwann einmal widerfuhr, verstörte uns vielleicht. Frage: Denken wir auch mit ein bisschen Genugtuung oder sogar angenehmen Gefühlen daran? Nämlich weil in ihm in gewisser Hinsicht etwas Gutes lag, an das wir gern denken können.

Ohne Frage denken wir nicht daran, mit allem, was wir wollen und tun, einfach so fortzufahren, obwohl es sicherlich leicht möglich wäre.

Denn bewusst wird nun der Geist intensiv beschäftigt, sodass es für nötig erachtet wird, ihm eine intellektuelle Spielwiese zu schenken.

Das leere Blatt Papier ist so eine Spielwiese! Man fülle es!

Thema heute: Schüler und Schule im Hinblick auf die Fragen des Leistungsprinzips und der Begabung!

Leistungsprinzip

Ja, es ist so: Ziemlich überflüssig kommt so manchem Schüler die Schule vor, wenn der als bedrückend empfundene Alltag weit mehr Verdruss als positives Erleben bedeutet. Wie denn auch anders!?

Es könnte natürlich sein, dass ein Leistungserfolg nach dem nächsten kommt – oder das Gegenteil: alles nur ein einziger Misserfolgs-Verlauf zu sein scheint. Vor eher negativ gedeuteten Überraschungen ist leider niemand gefeit, – da könnte ein bezüglich seiner Leistungen und der Anerkennung seiner Begabung erfolgreicher Schüler sagen: „Ich habe genug!"

Wahrlich, das individuelle Scheitern ist immer möglich. Grundsätzlich kann jeder kläglich scheitern oder auch glänzende Erfolge erzielen, worin auch immer Erfolg oder Scheitern bestehen (sollen, dürfen). Aus dem Blickwinkel des betroffenen Schülers sieht es oft ganz eigen aus. Er trifft mit seinen Erfahrungen und Meinungen nicht ohne Weiteres auf das Verständnis derer, die dazu berufen sind, über ihn als Mensch und Schüler ein vorläufiges (doch hoffentlich kein endgültiges!) Urteil zu sprechen.

Man könnte ohne Weiteres behaupten, dass entwicklungsbezogen die Zukunft in individueller Hinsicht für Menschen nicht verschlossen ist.

Wie der schulhistorische Verlauf und das Ende einer jeden Schul-*Karriere* im Einzelnen aussehen, ist vorher unabsehbar! Es kann sehr weit gehen, äußerst komplex und kompliziert werden, – überwiegen dürfte das Mittelmaß in Bezug auf die Leistungserfolge. Das Fehlen von solchen Erfolgen – so wie Schulerfolge in den Augen der meisten Lehrer und Eltern auszusehen haben – bewerten logischer Weise diejenigen negativ, die sich derartige Erfolge wünschten und wünschen.

Wenn das Negative die Gefühlswelt dominiert, dann will ein Schüler nur noch raus. Er wird krampfhaft Überlegungen anstellen. Nach Alternativen zu dem, was tagtäglich als anscheinend unvermeidbare Bedrückung empfunden wird, wird gesucht. Aber es heißt dann allzu oft ganz einfach vonseiten der Autoritäten: „Weitermachen, sonst droht später Arbeitslosigkeit!“ Das ist die offiziell leicht zu rechtfertigende schulische Bedrohung schlechthin, die manchen sozialen Druck und Leistungsdruck, manch unangenehme Situation und daraus folgende Bedrückung moralisch zu rechtfertigen scheint. Viele kritische Schüler der letzten Generationen haben das erkannt.

Hier handelt es sich einfach um den Einfluss der Welt der Tatsachen – und an denen kommt keiner achtlos vorbei, mit denen muss nämlich jedermann leben. Ob er will oder nicht. Die Welt der Tatsachen mit ihren Autoritäten, die sich in verschiedensten Verkleidungen zeigen, ist etwas, dem man sich nur sozial isoliert halbwegs entziehen kann, jedoch will das kaum ein Zeitgenosse.

Die Schüler – diese leidgeplagten Wesen in unserer hoch entwickelten Leistungsgesellschaft! Das ist nicht ironisch gemeint. Nach Jahren des vermutlich mühseligen Mitwirkens in der Schule müsste für einen Schüler das finale Stück der Strecke klar erkennbar sein. Dieses Ende war und ist planbar.

Jedenfalls, so darf man sagen, es herrscht die Maschine über alle Schülerschicksale, – ja dieser Beamtenapparat der großen, bedeutenden Institution. Und der Schüler lebt viele Jahre in dieser Maschine, die eher verharmlosend *Penne* genannt wird! Daran hat sich in den vergangenen Jahrzehnten nichts geändert. Im Gegenteil: Die Maschine herrscht überzeugender denn je. Man gliedert sich ein, man ordnet sich unter. Die

Welt da draußen drückt einen in diese Maschine hinein. In Wirklichkeit gibt es keine Möglichkeit, an dieser Maschine vorbeizukommen. Jedenfalls keine, die in jeder Hinsicht zu rechtfertigen wäre. Weder Blauäugigkeit noch Ausraster können dafür herhalten, letztlich muss jeder sich schon als junger Mensch als ausreichend fügsam erwiesen haben, um im Wirtschafts- und Sozialleben überleben zu können.

Es muss nicht sein, dass er gewissermaßen, bis es nicht mehr geht, Schüler bleibt, allerdings weiß er eben schon als pubertierendes Wesen das Realitätsprinzip, nach dem die Gesellschaft funktioniert, sehr realistisch einzuschätzen.

Es ist einfach ganz wesentlich für den individuellen Lebenserfolg, wenngleich unklar ist, worin dieser genau bestehen soll. Die Schülerin, der Schüler wissen immerhin, dass man sich eines Teils dieses Erfolges beraubt, wenn man keinen für jedermann nachvollziehbaren Schulerfolg nachweisen kann.

Begabungsfrage

Möglich wäre, dass klar gesetzte (auch und gerade selbst gesetzte!) Ziele dem Schüler fehlen, besonders die auf Begabung beruhenden, weil leistungsmotivierende Einflüsse auf den Schüler vor allem negativ einwirken.

Hin und wieder wird seitens der Autoritäten, der Lehrer und Eltern, von Begabung und Talent gesprochen. Viele wünschen sich ja nur das Beste für ihre Sprösslinge – und das ist der größtmögliche Leistungserfolg, der sich in guten Zensuren ausdrückt. Der Begabte hat langfristig die besten Aussichten, eben auch auf gute Zensuren. Begabung gilt allgemein in der Gesellschaft als wichtiger Teil der jungen Persönlichkeit, weil wichtig für das erfolgreiche Lernen, das berufliche Fortkommen, die … Karriere in Schule und Beruf.

Die Schülerin, der Schüler, die mit verschiedenen Leistungsanforderungen und Anforderungen an das Sozialverhalten zurechtkommen müssen und ständig unter dem Diktum des Sich-Bewähren-Müssens zu leben haben, sehen dies alles eventuell als große Zumutung an, der sie sich stellen, weil etwas anderes kaum übrig bleibt.

Es ist immer danach zu fragen, ob die Schülerin, der Schüler wirklich begabt sind – und sich selbst auch so wahrnehmen und es positiv bewerten. Dann geht es auch darum, ob die Mitmenschen, besonders diverse Autoritätspersonen, der Schülerin, dem Schüler ausreichend Anerkennung zollen.

Was als erreichbares und schon erreichtes Leistungsniveau, somit als Erfolg zu gelten hat, ist genauso wichtig. Vor allem auch: Was ist die Leistung genau, die zu erbringen ist? Wann soll sie erbracht werden, gegenüber wem? Zweifel an dem Lernstoff sind immer angebracht. Genauso der Zweifel an den Lernmethoden. Von pädagogischen und psychologischen Fragen darf man nie absehen ...! Das Interesse an Inhalten ist bei Schülern unterschiedlich stark. Allzu leicht kommt Langeweile auf.

Jede Begabung und die damit verbundene konkret-individuelle Lernpraxis sind logischerweise immer ganz praktisch, vom Begrifflichen her aber auch abstrakt, weshalb tatsächliches Können und Leisten nicht unbedingt bei Anwendung des abstrakten Begriffs (und umgekehrt) erfasst werden. So kommt es, dass es auch sehr vom Lebensalter und dem individuellen intellektuellen Horizont abhängt, ob die Bedeutung von Begabung und Leistung für das individuelle Überleben in der Gesellschaft verstanden werden! Es ist jedenfalls davon auszugehen, dass diesbezüglich bei manch jungem Menschen keine Einsichtsfähigkeit vorhanden ist, weshalb Weichenstellungen als Erfordernisse in der Schulkarriere nicht früh genug erkannt werden können.

Jedwede Begabung kann man persönlich akzeptieren oder sogar einfach verneinen, dies sei der Urteilsfähigkeit der Menschen überlassen. Ungern lassen es sich Lehrer nehmen, aufgrund ihrer Kompetenzen zur Begabungsfrage Stellung zu nehmen. Das ist klar. Manchmal halten sie sich auffällig zurück!

Wenn sie urteilen, so sind sie meist bestrebt, deutlich zu machen, dass nur sie die dafür erforderliche fachliche Kompetenz hätten.

Eltern könnten zu überzeugt von ihrem Sprössling sein, es dahin kommen lassen, dass individueller Ehrgeiz bis zum Strebertum führt.

Allerdings gibt es ja auch Eltern, die am liebsten nichts vom Schulalltag und den Leistungsansprüchen, mit denen Schüler täglich konfrontiert werden, wissen wollen!

Manchmal glaubt man, es nur mit Extremen zu tun zu haben, wenn es um Letzterwähntes geht. Doch finden sich real vielerlei verschiedene Abstufungen. Gut so! Grundsätzlich sollte sich niemand auf wenige Urteile und Meinungen, die hörbar werden, verlassen. Eine Meinung ist sowieso nur eine Meinung, weiter nichts.

Jedoch sollte gelten, dass, nachdem einige Schuljahre vergangen sind, die Frage nach der Begabung mit einiger Ernsthaftigkeit zu stellen ist. Auch und besonders der Schüler sollte sich ernsthaft fragen: „Bin ich begabt? Worin?“ Gerade in Bezug darauf sollte es dann Gewissheit geben.

Nicht nur die Lehrer sind darin kompetent, Schülerbegabungen festzustellen! Sich dabei auf das Bauchgefühl (des Schülers, der Eltern – des Lehrers!) zu verlassen, wäre weniger ratsam! Schnelles, oberflächliches Urteilen muss vermieden werden. Auf gar keinen Fall dürfen Vorurteile und Ressentiments eine Rolle spielen. Die Hinzuziehung von wissenschaftlich objektiv denkenden, handelnden und urteilenden Fachleuten ist immer ratsam. Die wissenschaftliche Objektivität muss bei der Begabungsfeststellung eindeutig entscheiden. Fachliche Richtungsentscheidungen müssen getroffen werden.

Die Welt der Tatsachen drängt mit Forderungen – Forderungen, aus denen perspektivisch die Zukunft besteht. Die Bedeutung der individuellen Neigung darf im Vergleich zur Begabung nicht unterschätzt werden.

Und: Was einst Misserfolg war, könnte heute ganz anders beurteilt werden. Die Persönlichkeitsentwicklung eröffnet stets Korrekturen im Individualverhalten und ermöglicht zahlreiche alternative Entscheidungen ...

Der Autor

Kay Ganahl, Jahrgang 1963 mit dem Lebensmittelpunkt Solingen/NRW, von Beruf Diplom-Sozialwissenschaftler und Schriftsteller, begann in jungen Jahren, sich mit Literatur, Politik und Philosophie auseinanderzusetzen, so dass es selbstverständlich war, diese Interessen mit dem Studium der Sozialwissenschaften an den Universitäten-Gesamthochschulen Wuppertal und Duisburg weiter zu verfolgen. Dort studierte er in der Studienrichtung Politische Wissenschaft schwerpunktmäßig politische Theorie und Philosophie, Ideengeschichte sowie Sozialphilosophie (Nebenfächer Soziale Arbeit/Erziehung und Psychologie).
Die Kernfragen des Menschseins werden an der Schnittstelle Politik/Philosophie aufgeworfen! Wissenschaftlich und philosophisch zu denken - besonders im Hinblick auf die schriftstellerische Tätigkeit – ist für ihn wichtig. Mit dieser Tätigkeit, die zur Veröffentlichung von Büchern und eBooks geführt hat, leistet Ganahl Beiträge zur Aufhellung des zeitabhängigen gesellschaftlichen Entwicklungshorizonts. Und so verbindet er im kreativen Arbeitsleben die Wissenschaft und die Forschung mit der schöngeistigen Literatur. In Gesellschaft und Geist, auch im Alltäglichen findet er literarische Stoffe. Gerade in Lyrik und Kurzprosa, aber auch in Kurzgeschichte, Erzählung und Roman ist er zu Hause - schreibt Stücke sowie wissenschaftliche Bücher. Verschiedenes ist auch in Anthologien oder Zeitschriften gedruckt worden. Ganahl thematisiert literarisch-schöngeistig diverse Probleme des Bürgers, so zum Beispiel die Macht über Menschen sowie das Drama des Humanismus im Europa der Gegenwart, wobei ab und zu durchaus das Kafkaeske seinen Ausdruck findet. Er hält philosophische Gedanken in der Literatur für so wichtig, dass sie ins gesamte Werk einfließen müssen. Fantasie und Geheimnis faszinieren ihn – es gilt, das Mysterium des gesellschaftlichen Lebens zu ergründen!

Erste Buchveröffentlichungen datieren aus den Jahren 1994 und 1995, als er das wissenschaftliche Fachbuch „Sphären des Zersetzenden. Ein Beitrag zur Jaspers-Forschung“ (TB, 1994), das Buch „Fußangeln und Grenzpfähle. Prosa“ (Brosch., 1994) sowie „Triumphierende Gewalt. Gedichte und Geschichten“ (TB, 1995) veröffentlichte. Es folgte Anfang 1996 „Enttäuschender Sex“, eine bebilderte Sammlung mit erotischen Gedichten. Seit dem Jahr 2006 veröffentlicht er auch im Selbstverlag, so zum Beispiel seine literarischen Werke „Drei Romane. Königsbriefe. Herr Thomas. Teufelswesen“ (TB, 2007), „Gift der Jugend. Erzählungen. Kurzgeschichten. Prosa. Gedichte“ (TB, 2008), aber auch „Die Insel Lyros und die Lyrik für die Anderen“ (eBook, 2011) sowie die wissenschaftlichen Werke „Politikhandeln. Mit besonderer Berücksichtigung Ernst Blochs und Herbert Marcuses“ (eBook, 2009) und den ersten Teil von „Wirkmächte des gesellschaftlichen Seins“, nämlich „1. Mein-Selbst und Herrschaft“ eBook, 2012).

Im Jahr 2013 sind als Taschenbuch der Roman „Fußball und was es sonst noch so gibt“ sowie „Fußangeln, Grenzpfähle und Fallgruben. Kurzprosa“ erschienen.
2014 kamen im Selbstverlag „Konda Kerl. Weil es KOMA gibt. Dystopischer Roman und bei Shaker Media „Herr Thomas. Roman“ heraus. Im Frühjahr 2015 wurde „Konda Kerls Supranetz. Roman eines utopischen Aufbauversuchs“ im Selbstverlag veröffentlicht.
2016: „WURZEL. Literarisches eBook“
2017: „Die Ungezogenen. Ein satirischer Erziehungsroman“
2018: „Der Gedankenkasten. Prosaminiaturen“

Kay Ganahl ist Vorstandsmitglied des Freien Deutschen Autorenverbandes (FDA) in NRW und als Kommunikationsbeauftragter tätig. Er ist Gründungsmitglied der Solinger Autorenrunde. Sein schriftstellerisches Wirken ergänzt er mit Kunst, weshalb gestalterische Arbeiten in Buch und eBook häufig selbst ausführt werden. Eigene Fotos und digitale bzw. digitalisierte Werke (Zeichnungen und Malereien) haben Eingang in seine Bücher und eBooks gefunden. Zudem ist er als Organisator und Moderator von literarischen Veranstaltungen tätig.

www.ingramcontent.com/pod-product-compliance
Ingram Content Group UK Ltd.
Pitfield, Milton Keynes, MK11 3LW, UK
UKHW041835190726
13854UKWH00002B/548

9 783960 740360